W0220394

Suhrkamp Theater

Das zentrale Motiv der Reise verbindet diese Trilogie: Wohin Pat To Yans Figuren auch gehen, sie sind in einem Transitzustand, auf der Suche nach den Bedingungen für eine freie Gesellschaft. Seine Szenarien sind bevölkert von mythologisch inspirierten und allegorischen Figuren, zwischen Mensch und Tier, zwischen Mensch und Androide. Sie bewegen sich stets in parallel existierenden Bewusstseinsebenen und Timelines. Seine vom magischen Realismus beeinflusste Schreibweise erzählt vom Sterben, Leben und Überleben in politisch repressiven Systemen.

Eine kurze Chronik des künftigen China ist eine Bewegung gegen den Strom: Alle fliehen vor dem Krieg in den Süden des Landes, während »Der Außenstehende« die Rückreise antritt ins Zentrum der Katastrophe, um sich mit seiner verdrängten traumatischen Geschichte zu konfrontieren.

Eine posthumane Geschichte beginnt mit einem Soldaten, der vom Homeoffice aus feindliche Gebiete bombardiert. Als sein Sohn ohne Gesäß geboren wird, reist er an den Kriegsort und versucht Verantwortung für die eigene Schuld zu übernehmen.

Überall im Universum Klang ist der philosophischste Teil. Er spielt im All und auf einem noch unbekannten Planeten. Die Erde wird von einem schwarzen Loch geschluckt. Ein Mann versucht seine Geliebte wiederzufinden, die dabei in einen anderen Bewusstseinszustand transformiert wurde.

Posthuman Journey Trilogie

Pat To Yan

Suhrkamp Theater

Klimaneutral
Druckprodukt
ClimatePartner.com/14438-2110-1001

Erste Auflage 2023
Deutsche Erstausgabe
Posthuman Journey Trilogie

Uraufführung der Trilogie 30.9.2022, Stadttheater Gießen,
Regie: Thomas Krupa

Originaltitel: *A Concise History of Future China*
DSE 11.4.2021 Saarländisches Staatstheater, Regie: Moritz Schönecker

Originaltitel: *Posthuman Condition*
Filmische UA 8.4.2021 Schauspiel Frankfurt, Regie: Jessica Glause

Originaltitel: *Sound Everywhere In The Universe*
UA 25.3.2022 Nationaltheater Mannheim, Regie: Pat To Yan

Umschlaggestaltung und Satz: Hanzer Liccini
Umschlagfotos: Max Zerrahn
Druck: C. H. Beck, Nördlingen
Printed in Germany
ISBN 978-3-518-43121-4

www.suhrkamp.de

Posthuman Journey Trilogie

Teil 1

Eine kurze Chronik des künftigen China

Aus dem Englischen von John Birke

»Das Reich, lang geteilt, ganz geeint;
lang geeint, ganz geteilt.«

Luo Guanzhong
Die Geschichte der Drei Reiche
(ein klassischer chinesischer Roman)

»Schmerz aus zweiter Hand ist weit besser
als aus erster Hand.«

David Grossman
Aus der Zeit fallen

Der Außenstehende, ein junger Mann in den 20ern

Der Mann, der Schmerz mitansieht, ein Mann mittleren Alters

Das unheimliche Mädchen, eine Frau Anfang 30

Die Weiße Knochenfrau, eine Frau mittleren Alters

Das Mitglied der politischen Partei, ein Mann Mitte 30

Angeklagter 1, ein Mann über 60

Antigone, alterslos

Der wütende Mann, ein Mann über 60

Der Mann, der ohne Herzschlag existiert, ein Mann über 50

Der Roboter, alterslos

Die Katze mit einem Loch, alterslos

Der Vorsitzende, ein Jugendlicher

Ein Mann, der einen Hammer hält

Ein Mann und eine Frau

Chor – Roboter, Geister, zehn Personen in schönen schwarzen Anzügen

* Auch wenn im Stücktitel »China« steht, kann dieses Stück überall auf der Welt spielen.
* Die Darsteller:innen können von jeglicher Nationalität oder Ethnie sein.

SZENE 1: Ein Mann aus der Zukunft

Ein dunkler, dunkler Raum. Nur die Silhouette des ***Außenstehenden*** *ist zu sehen. Er hält eine Schachtel, sitzt auf irgendwas.*

Der Außenstehende
Man soll meine Geschichte hören, sich an sie erinnern, ehe ich sterbe, ehe ich jederzeit sterbe.
Nach meinem Tod bin ich verschwunden – wenn meine Geschichte vergessen wird.
Wenn man sich an sie erinnert, dann gibt es auch mich noch.
Deshalb komme ich, um euch meine Geschichte zu erzählen.
Aus der Zukunft.
Jawohl:
Ich bin ein Mann aus der Zukunft,
aus eurer Zukunft.
Also: Ich bin hier, um euch die Geschichte zu erzählen, die geschehen wird, und ich will, dass ihr euch daran erinnert, wenn sie dann in der Zukunft geschehen sein wird.

Nicht unser Körper beweist, dass wir am Leben sind.
Sondern unsere Erinnerung.

Ich muss zu einer Reise aufbrechen
in dieser unruhigen Zeit,
vom Süden in den Norden.
Viele Menschen machen sich jetzt auf,
aus verschiedenen Gründen.
Von Ost nach West,
von West nach Ost,

von Nord nach Süd,
aber selten von Süd nach Nord.
Ganz viele Menschen in diesem Land machen sich jetzt auf zu ganz vielen verschiedenen Reisen.
Genau, »jetzt« heißt »in der Zukunft«,
in eurer Zukunft.
Nur eins weiß ich nicht sicher:
So, wie es viele Reisen gibt,
gibt es auch viele Zukünfte.
Bin ich in derselben Timeline wie ihr?
Oder bin ich in der Zukunft 2.0 und ihr geht in die Zukunft 3.0?

Ist eigentlich egal.
Mein Leben kann auch in euren Versionen der Zukunft weitergehen.
Erinnerungen sind da kompatibel –
glaub ich zumindest.

Diese Schachtel muss ich zurück nach Norden bringen,
in ein Theater in der Hauptstadt im Norden.
Warum, weiß ich nicht,
und was darin ist, auch nicht –
nur, dass ich diese Schachtel nach Norden tragen muss,
zum Nationaltheater in der Hauptstadt.
Das ist meine einzige Sehnsucht.

Die Wände hinter mir wackeln,
obwohl meine Reise noch gar nicht begonnen hat.
Mein Vater hat mir erzählt: In diesem Land wackeln manchmal die Wände.
Und wenn die Wände wackeln in diesem Land,
dann wandeln dahinter die Geister.

Viele Geister machen sich jetzt auf die Reise in diesem Land,
in dieser unruhigen Zeit.

Die Wände wackeln heftig. ***Der Außenstehende*** *steht auf, geht zur Wand hinter ihm. Aus der Wand kommt* ***Der Mann, der Schmerz mitansieht.*** *Keine Interaktion zwischen ihnen.*

SZENE 2: Musical

Der Mann, der Schmerz mitansieht
Ich bin aus dem Jetzt.
Ja, Jetzt.
Aber ich weiß nicht genau:
Seid ihr in derselben Version von Jetzt wie ich?
Bin ich in derselben Timeline wie ihr?
Ist eigentlich auch egal.

Bevor ich meinen Monolog anfange,
will ich euch etwas sagen.
Etwas.
Etwas, das ihr euch merken müsst.
Ich werde –
ich werde –
ich werde aufhören,
Musicals anzuschauen.
Am Ende dieser Szene
werde ich aufhören, Musicals anzuschauen.
Merkt euch das.
Bitte merkt euch diesen Gedanken,
lasst euch von ihm durch meinen Monolog tragen.

Dieser Gedanke,
dieser kleine Gedanke.
Aufhören – Musicals – anzuschauen.
Keins mehr.
Niemals jemals mehr.

Was Musicals angeht, bin ich Experte.
Wirklich.
Bitte versteht mich nicht falsch –
ich habe keine Ahnung von Musik, Tanz oder Schauspiel.
Aber ich weiß zu unterscheiden
zwischen gelungen und misslungen.
Ich sitze gern auf meinem Platz,
sehe sie singen,
sehe sie tanzen,
sehe sie spielen,
ihre Arme heben,
weinen oder ruhig sein,
bezaubernd singen.
Aber selbst auftreten könnte ich nicht.

Eines Abends,
in einer Vorstellung,
ich wie üblich als Zuschauer.
Ein Mädchen, nicht außergewöhnlich schön,
fiel mir ins Auge.
Sie tanzte und sang bezaubernd,
und ich konnte die Augen nicht von ihr lassen,
keine Sekunde.
Sie spielte nicht die Hauptrolle,
auch nicht die Nebenrolle.
Aber ich konnte meine Augen nicht von ihr abwenden.
Den ganzen Abend lang.

Drei Stunden lang.
Für immer nicht mehr abwenden.
Am nächsten Abend
dasselbe Stück,
derselbe Platz in derselben Reihe.
Ich sah ihr zu,
wieder
und wieder.
Dann ein drittes,
viertes,
fünftes Mal,
und noch viele Male
bis zur letzten Vorstellung.
Ich wusste, vielleicht sehe ich sie nie wieder.
Nach der Vorstellung habe ich sie abgepasst
und angesprochen:
»Ich konnte es mir nicht leisten,
dich nicht wiederzusehen.«
Sie lächelte
und winkte:
»Komm mit mir.«
Die Nacht war windig,
der Mond war blutrot,
der Fluss strömte sanft.
Wir spazierten
und sprachen wenig.
»Ich konnte meine Augen nicht von dir lassen«,
sagte ich wieder.
Sie lächelte.
»Wir könnten zusammen sein,
aber du musst ein Opfer bringen.
Es tut mir leid, die Bedingungen stammen nicht von mir,
sondern aus meiner Familiengeschichte.«

Ich nickte.
Sie erklärte mir leise die Bedingungen.

Wisst ihr noch, was ich am Anfang gesagt habe?
Ich werde keine Musicals mehr anschauen.
Keine mehr,
niemals.
Nach dem letzten Satz dieser Szene
werde ich nicht mehr sehen können.
Nichts mehr,
niemals wieder.
Das macht mir nichts aus,
auch wenn ich keine Musicals mehr anschauen kann.
Die Bedingungen waren klar:
Hören ersetzt Sehen.

***Der Mann, der Schmerz mitansieht**, setzt eine Sonnenbrille auf. **Das unheimliche Mädchen** führt ihn backstage.*

SZENE 3: Ein Traum von China

***Der Mann, der Schmerz mitansieht,** und **Das unheimliche Mädchen** essen zu Abend in einem feinen Restaurant.*

Das unheimliche Mädchen
Ich will dir einen Traum erzählen.

Der Mann, der Schmerz mitansieht
Einen Albtraum?

Das unheimliche Mädchen
Der Traum ist mein Freund.

Ich träume ihn jeden ersten Samstag im Monat,
seit ich 16 bin.

Der Mann, der Schmerz mitansieht
Hast du ihn schon mal jemandem erzählt?

Das unheimliche Mädchen
Nö.

Der Mann, der Schmerz mitansieht
Seit du 16 bist.
Ganz schön lange.

Das unheimliche Mädchen
Ich bin in einer großen Fabrik.
So groß, dass ich das andere Ende nicht sehen kann.
Die Decke ist hoch,
so hoch wie ein Stadion,
höher noch.
An der Wand hängt das Porträt eines Skeletts,
und das Skelett sieht alle in der Fabrik an.

Der Mann, der Schmerz mitansieht
Ein Skelettporträt –

Das unheimliche Mädchen
Die Fabrik ist voller Betten,
unterteilt in zwei Bereiche:
einer für Bürger,
einer für hohe Regierungsbeamte.

Plötzlich eine lange Schlange.
Mädchen, nur in BH und Höschen, aufgereiht vor dem

Bereich für hohe Regierungsbeamte.
Ich weiß nicht, wofür sie anstehen.
Langsam, ganz langsam bewegt sich die Schlange vorwärts.
Nach einer Weile
gehe auch ich hin.
Weiße Spermaflecken auf allen Bettlaken.
Ein sehr, sehr fetter Mann macht es gerade mit einer mittelalten Frau,
ein halbnacktes junges Mädchen schläft ganz tief.
Eine andere mittelalte Frau weckt sie,
das halbnackte junge Mädchen fasst ihre Genitalien an.
»Ich hab noch nie so viel Wichse gesehen.«

Der Mann, der Schmerz mitansieht
Sind die Mädchen freiwillig da?
Oder werden sie gezwungen?

Das unheimliche Mädchen
Das kann ich nicht erkennen.
Ich behalte das im Kopf, und wenn ich den Traum wieder habe,
was ganz bestimmt passieren wird,
versuche ich das rauszufinden.

Der Mann, der Schmerz mitansieht
Erzähl weiter.

Das unheimliche Mädchen
Die Lichter in der Fabrik sind aus.
Alle schlafen.
Im Bereich für die Bürger schlägt ein junger Mann mit einem schweren Hammer

auf den Kopf eines anderen,
schlafenden jungen Mannes ein.
Sein bester Freund verlangt das von ihm.
Ich liege unter dem Bett
und schaue hoch,
Blut spritzt aufs Bett.
Jetzt hat mein Freund einen Hammer und schlägt auf den Kopf des jungen Mannes ein.
Es ist mein Freund, der mich in diese Fabrik eingeladen hat.
Ich halt es nicht mehr aus
und krieche weg, unter den Betten entlang,
die sind eng aneinandergestellt,
wie ein unterirdischer Gang, unter den Betten fühle ich mich sicherer.
Ich komme zurück zu meinem eigenen Bett
und spüre Schmerzen in der linken Bauchseite.
Auf meinem Bauch ist eine Narbe.
Jetzt weiß ich wieder: Ich wurde aufgeschnitten,
man wollte mir die Organe entnehmen.

Der Mann, der Schmerz mitansieht
In der Fabrik wollte man dir die Organe entnehmen?

Das unheimliche Mädchen
Ja, ich glaub schon.

Der Mann, der Schmerz mitansieht
Aber irgendwie beschützt dich dein Freund,
er lässt nicht zu, dass man dir die Organe entnimmt.

Das unheimliche Mädchen
Genau.
Aber kann ich ihm wirklich vertrauen?

Der Mann, der Schmerz mitansieht
Tja.

Das unheimliche Mädchen
Ich merke mir das
und suche die Antwort
in meinem nächsten Traum.

Der Mann, der Schmerz mitansieht
Gibt es eine Welt außerhalb der Fabrik?

Das unheimliche Mädchen
Ja, lass mich weitererzählen.

Ich gehe in die Vorhalle
und renne zur Treppe.
Mehr als rennen,
ich springe,
springe die Treppe hinab,
fünf Stufen,
zehn Stufen,
dreißig Stufen,
ich habe Angst, dass mein Freund mich verfolgt.
Das Gebäude ist sehr hoch,
achtzig Etagen.

Der Mann, der Schmerz mitansieht
Ein Gebäude mit achtzig Etagen?
Das gibt es hier selten.
Ich glaube, ich weiß, wo das ist.

Das unheimliche Mädchen
Ich bin draußen auf der Straße,

es ist Tag,
aber der Himmel grau.
Ich renne die Straße entlang,
überall am Rand wächst Gras.

Endlich bin ich auf einem Gleis an einem Bahnhof
und warte auf den Zug nach Süden.
Es ist die Dunkelheit vor der Dämmerung.
Zwei Männer diskutieren über Theater:
»Es ist das Ende des Realismus. Wenn du über die
Grausamkeit der Realität schreiben willst, darf es nicht
realistisch sein«,
sagt einer von ihnen.
Ich weiß, jetzt bin ich sicher.
Jedes Mal wenn ich mich sicher fühle, wache ich auf.

Sie essen. Eine Zeitlang sprechen sie nicht.

Das unheimliche Mädchen
Bitte denk dran,
es ist nur ein Traum,
keine reale Geschichte.
Es gibt keinen Bezug zur Realität.

Der Mann, der Schmerz mitansieht
Realität?

***Der Mann, der Schmerz mitansieht,** lacht.*

Das unheimliche Mädchen
Es ist nicht real.
Ich glaube nicht, dass es real ist.
Nur ein Traum.

Auftritt ***Ein Mann, der einen Hammer hält.*** *Ein* ***Mann*** *und eine* ***Frau*** *haben Sex.* ***Die Weiße Knochenfrau*** *krabbelt wie eine Spinne, kriegt alles mit. Alle ab außer der* ***Weißen Knochenfrau.***

SZENE 4: Die Weiße Knochenfrau

Die Weiße Knochenfrau *wartet an einem Bahnhof.*
Sie spielt immer noch eine Spinne.

Die Weiße Knochenfrau
Ich kann mich in alles verwandeln,
in alles, was ich will.
In eine Spinne,
einen Affe,
ein Schwein.
Ich kann vorgeben, alles zu sein, was ich will, und so leben.
In meiner eigenen Realität
wie in einem endlosen Traum.
Dabei geht es nicht um glauben oder nicht glauben.
Ich bin ganz einfach, was ich zu sein vorgebe.
Hast du je daran gezweifelt, dass du du bist?
Wenn ja, dann kannst du nicht mehr in derselben Realität leben wie jetzt.
Du solltest aus dieser Realität erwachen und dich aufmachen in die nächste.
Sonst setzt du vielleicht dein Leben aufs Spiel.

Meine jetzige Realität ist also eine Spinne.
Ich hocke in der Ecke und warte,
ficke andere Spinnen,
fresse Insekten,

manchmal Ameisen
oder andere, kleinere Spinnen.
Die meiste Zeit rühre ich mich nicht,
warte geduldig, dass Beute in mein Netz gerät.
Ich male mir aus, wie weich und knusprig und schmackhaft
die Körper sind,
kann's nicht erwarten, sie in den Mund zu bekommen,
und trotzdem warte ich geduldig.

Auftritt ***Der Außenstehende.*** *Er setzt sich auf eine Bank und hält eine Schachtel.*

Der Außenstehende
Hey.

Keine Antwort.

Der Außenstehende
Hi.

Wieder keine Antwort.

Der Außenstehende
Hey hey hi hi, Madame weiße Knochenfrau.

Die Weiße Knochenfrau
Wieso sprichst du mit einer Spinne?

Der Außenstehende
Du bist keine Spinne. Du bist Madame weiße Knochenfrau.

Die Weiße Knochenfrau
Oh, scheiße.

Die Weiße Knochenfrau *scheint aus einem Traum zu erwachen und verwandelt sich wieder in einen Menschen. Sie setzt sich auf die Bank neben den* ***Außenstehenden.***

Die Weiße Knochenfrau
Wie hast du mich erkannt? Ich denke, alle sehen mich als Spinne.

Der Außenstehende
Weil ich der Außenstehende bin. Keine Ahnung, wie andere dich sehen. Weißt du, wann der nächste Zug kommt?

Die Weiße Knochenfrau
Welcher Zug?

Der Außenstehende
Nach Norden.

Die Weiße Knochenfrau
Meine Güte! Nach Norden! Alle wollen nach Süden, wie ich.

Der Außenstehende
Aber ich muss das hier in die Hauptstadt bringen.

Die Weiße Knochenfrau
Niemand will in die Hauptstadt.

Der Außenstehende
Also geht kein Zug mehr nach Norden?

Die Weiße Knochenfrau
Womöglich fährt noch einer. Aber ob noch welche aus der Hauptstadt zurück nach Süden gehen, weiß ich nicht.

Der Außenstehende
Macht nichts. Ich bin der Außenstehende. Ich komm schon nach Hause.

Die Weiße Knochenfrau *starrt die Schachtel an.*

Die Weiße Knochenfrau
In der Schachtel scheint irgendwas Seltsames zu sein.

Der Außenstehende
Tja, ich hab keine Ahnung, was. Vermutlich hat es meinem Vater gehört.

Die Weiße Knochenfrau
Oh, mein Beileid. Aber auch Glückwunsch. Heutzutage ist der Tod dem Leben vielleicht vorzuziehen.

Der Außenstehende
Ich weiß, dass du meinen Vater gekannt hast.

Die Weiße Knochenfrau
Was?

Der Außenstehende
Du warst eine Kollegin meines Vaters. Ich erkenne dich, wie gesagt.

Die Weiße Knochenfrau
Scheiße. Du weißt also, dass ich Autorin war.

Der Außenstehende
Ja.

Die Weiße Knochenfrau
Niemand soll von meiner Vergangenheit wissen, insbesondere dass ich Autorin war, niemand, mich selbst eingeschlossen.

Der Außenstehende
Du warst in einer anderen Abteilung als mein Vater.

Die Weiße Knochenfrau
Wer war dein Vater?

Der Außenstehende
Der Mann, der Schmerz mitansieht.

Die Weiße Knochenfrau
Ich erinnere mich an ihn. Oh, scheiße. Ich erinnere mich noch immer an meine Vergangenheit.

Der Außenstehende
Mein Vater hat mir ein Bild seiner ehemaligen Kollegen gezeigt, als ich zwei war. Ich erinnere mich an dein Gesicht. Menschliche Gesichter kann ich mir gut merken. Wer das kann, hat aber einen schlechten Orientierungssinn. Deshalb verirre ich mich immer auf meinen Reisen. Wann kommt eigentlich der Zug?

Die Weiße Knochenfrau
Angeblich in einer Minute.

Der Außenstehende
Sehr schön. Warum gehst du nach Süden?

Die Weiße Knochenfrau
Ich habe zu viele Erinnerungen im Kopf. Nicht nur meine eigenen.

Der Außenstehende
Sondern?

Die Weiße Knochenfrau
Auch die von Robotern. Ich war Autorin für Roboter-Erinnerungen. Sie werden nämlich ohne Erinnerung produziert, und dann erfinden Autoren ihre Lebensgeschichte. Ich habe ihnen Eltern, Kindheit, Schulzeit, Enttäuschungen und Glückserlebnisse geschrieben und dann in die Roboter eingespeist. Wenn ein Roboter zu leben beginnt, hat er schon all diese Erinnerungen im Gedächtnis.

Der Außenstehende
Eine interessante Arbeit.

Die Weiße Knochenfrau
Aber jetzt wollen sie nichts mehr davon wissen, dass ihre Erinnerungen geschrieben wurden. Sie wollen sich für echte Menschen halten. Und ich bin die einzige Zeugin. Deshalb wollen sie mich töten, also flüchte ich nach Süden.

Der Außenstehende
Ach, interessant.

Die Weiße Knochenfrau
Wenn sie mich töten, gibt es keinen Beweis, dass ihre

Erinnerungen geschrieben wurden. Sie glauben, dass sie einen freien Willen haben.

Der Außenstehende
Aufregend.

Ein Zug kommt mit großem Getöse an. Die Tür geht auf und viele ***Roboter*** *steigen aus. Sie sehen genauso aus wie Menschen. Sie erschießen* ***Die Weiße Knochenfrau.*** *Aus ihrer Leiche kommen viele kleine Spinnen, krabbeln über die ganze Bühne.* ***Der Außenstehende*** *sieht alles mit an, aber steigt ohne Gefühlsregung in den Zug.*

Auftritt ***Der Mann, der Schmerz mitansieht.***

SZENE 5: Die Gerichtsverhandlung

Der Mann, der Schmerz mitansieht, *ist Richter in einer Verhandlung.*

Der Mann, der Schmerz mitansieht
Ich war Autor.
Ich habe Erinnerungen geschrieben.
Geschichten für ganz verschiedene Menschen,
aber die meisten waren reich, sehr, sehr reich,
oder hatten große politische Macht.
Sie lasen meine Geschichten und ersetzten ihre Erinnerungen damit.
Danach hielten sie sich für tugendhaft, für wahre Ehrenmänner, und nie kamen ihre vorherigen Erinnerungen zurück.
In manchen Fällen schrieb ich auch für Arme oder

Machtlose –
aber das ist eine ganz andere Geschichte.

Auftritt ***Das Mitglied der politischen Partei.*** *Er hat eine Tüte in der Hand, darin ist ein Plastikmesser.*

Der Mann, der Schmerz mitansieht
Als man herausfand, dass ich nicht sehen konnte,
durfte ich kein Autor mehr sein.
Ein anderer Beruf wurde mir zugewiesen:
Ich wurde zum Richter bestimmt.

Das Mitglied der politischen Partei
Keine Sorge.
Blindheit ist kein Problem.
In vielen hochentwickelten, zivilisierten Ländern
werden die Blinden zu Richtern gemacht.
Wir sind zuversichtlich, dass Sie eine erfolgreiche Laufbahn haben werden.

Der Mann, der Schmerz mitansieht
Ich kann zwar zuhören,
aber ich brauche jemanden, der mir hilft.

Auftritt ***Angeklagter 1.***

Das Mitglied der politischen Partei
Ich halte das Beweismittel dieses Falls in der Hand.
Ich beschreibe es jetzt:
Es ist ein Messer.
Der Angeklagte hat mit diesem Messer Holzpuppen beschnitzt.
In eine bessere Form,

menschenähnlicher.
Würden Sie diese Holzpuppen sehen,
dann bekämen Sie Angst.
Sie könnten keinen Unterschied zwischen den Puppen
und menschlichen Wesen erkennen.
Nacht für Nacht erwachen die Puppen aus ihrem
hölzernen Schlaf
und tanzen in den Straßen,
singen am Flussufer,
schweben durch die Parks.
Zwar kehren sie zurück in ihren hölzernen Schlaf,
sobald die Sonne ihren ersten Strahl schickt,
aber es ist und bleibt beängstigend.
Ein wahres Verbrechen.
Wenn Puppen Menschen wären,
was sind dann wir?
Mehr habe ich nicht zu sagen, Euer Ehren.

Der Mann, der Schmerz mitansieht
Wenn er das Messer benutzt hat, um Puppen zum
Leben zu erwecken,
dann soll er schuldig gesprochen werden,
gemäß den Gesetzen unseres Landes.

***Angeklagter 1** wird von anderen abgeführt.*
*Auftritt **Antigone.***

Der Mann, der Schmerz mitansieht
Wer kommt als Nächstes?

Das Mitglied der politischen Partei
Eine junge Frau, die ihrem Bruder ein würdevolles
Begräbnis verschaffen will, Euer Ehren.

Der Mann, der Schmerz mitansieht
Ach, du, Antigone? Dir habe ich doch einmal eine Geschichte geschrieben, um deine Erinnerung zu ersetzen. Aber offenbar hast du sie nicht angenommen?

Das Mitglied der politischen Partei *hält eine Tüte, darin ist eine Puppe. Die Puppe sieht genauso aus wie* ***Antigone.***

Das Mitglied der politischen Partei
Ich halte das Beweismittel dieses Falls in der Hand.
Ich beschreibe es jetzt:
Wir haben diese Puppe in ihrem Rucksack gefunden.
Diese Puppe fährt jede Nacht mit dem Fahrrad
von ihrem Zuhause in die Stadt.

Antigone
Es ist die Puppe, die ich vor 26 Jahren für meinen jüngeren Bruder gekauft habe,
nur eine Woche bevor er starb.
Mein Bruder und ich waren Studenten an der Universität der Hauptstadt,
erst eine Woche zuvor hatten wir unseren Hungerstreik beendet.
Es war ein schöner Tag, die Sonne angenehm,
und wir aßen auf der Straße zu Mittag.
Gurkensalat mit Knoblauch,
das Lieblingsgericht meines Bruders.
Nach dem Mittagessen spazierten wir über den Markt.
Diese Puppe gefiel ihm auf Anhieb,
also habe ich sie ihm gekauft,
als Geschenk für seinen bevorstehenden Geburtstag.
Er liebte sie sehr.

Er war viel größer als ich,
ich fühlte mich eher als seine kleine Schwester.

Er wollte zurück in unsere Heimatstadt, unsere Eltern besuchen.
Ich habe ihm abgeraten, ich fand, er war noch zu geschwächt vom Hungerstreik.
Ich dachte, an der Universität wäre die medizinische Versorgung besser als zu Hause.
Also blieb er hier.
Seit 26 Jahren plagt mich dieses abgrundtiefe Schuldgefühl.
Die Universität konnte ihn nicht vor den Kugeln beschützen,
nur eine Woche nach unserem Mittagessen.

Er durfte kein förmliches Begräbnis haben,
sein Leichnam wurde sofort kremiert.
Als ich seinen Körper brennen sah,
dachte ich nur:
Der Körper meines geliebten Bruders ist fort,
für immer.
Es wird hier keinen Körper meines Bruders mehr geben,
kein Körper hier ist genauso wie seiner,
will ich ihn wiedersehen, dann muss ich ihm folgen.

Ich wollte seine Asche zurück in unsere Heimatstadt bringen,
aber das wurde verboten.
Sie wurde irgendwo am Berg verscharrt.
Nacht für Nacht bin ich mit dem Rad zum Berg gefahren.
Also nicht die Puppe fährt jede Nacht Fahrrad –
ich bin es.

Das Mitglied der politischen Partei
Du suchst also jede Nacht die Asche deines Bruders.
Damit hast du dich schuldig bekannt.
Weiter habe ich nichts zu sagen, Euer Ehren.

Der Mann, der Schmerz mitansieht
Einen Moment
Worum geht es hier eigentlich?

Plötzliches Black. ***Antigone*** *spricht im Dunkeln.*

Antigone *(ins Mikrofon)*
Die einzige Möglichkeit zum Selbstschutz ist, in meiner eigenen Welt zu leben.
Ich verschließe mich in mir selbst.
Niemand kann mich mir entziehen.
Niemand wird mich dort entdecken.
Ich bestatte die Asche meines Bruders anständig, respektvoll, in meiner eigenen Welt.

SZENE 6: Eine Begräbnisszene

Licht. ***Antigone,*** *in Weiß, steht still, die Augen geschlossen.* ***Der wütende Mann*** *hinter einem Mikrofon.* ***Das Mitglied der politischen Partei*** *und* ***Zehn Personen in schönen schwarzen Anzügen*** *im Hintergrund betrachten den* ***wütenden Mann*** *und rauchen unaufhörlich.* ***Der Mann, der Schmerz mitansieht,*** *und* ***Das unheimliche Mädchen*** *wohnen* ***Antigones*** *Begräbnis bei.*

Der Mann, der Schmerz mitansieht
Auf meine Anweisung wurde Antigone ein anständiges Begräbnis gewährt.
Es war meine letzte Anweisung als Richter.

Der wütende Mann
Ich war Bergarbeiter.
»Die Schwarzen aus dem Berg« wurden wir genannt.
Jeden Abend, wenn ich nach Hause kam,
waren meine Tochter und meine Frau überglücklich, dass ich noch am Leben war,
und das Abendessen war ein Fest.
Am nächsten Morgen machten sie sich wieder Sorgen.
18 Jahre lang,
jeden Tag dasselbe.

Familien wie unsere schicken ihre Kinder nicht auf die Universität,
aber meine Tochter war klug,
und ein Angebot der Universität aus der Hauptstadt schlägt man nicht aus.

Antigone kenne ich seit vielen Jahren,
meine Tochter war genau wie Antigones Bruder.
Sie war nicht augenblicklich tot,
in den Unterbauch geschossen,
Blase zerfetzt,
Beckengürtel zerschmettert.
Als wir im Krankenhaus ankamen, war sie noch bei Bewusstsein.
Die letzten drei Tage sind wir nicht von ihrer Seite gewichen.
Nie werde ich den Schmerz in ihren Augen vergessen.
Eine Operation hätte sie retten können –
aber irgendwelche DRECKSCHWEINE HABEN GESAGT, WIR DÜRFEN DIE BLUTBANK DES KRANKENHAUSES NICHT BENUTZEN!

Was bringt meine Wut schon.

Ihre Mutter starb, drei Jahre nachdem meine Tochter getötet wurde.
Sie litt an keiner Krankheit,
physisch war sie gesund.
Eines Tages sagte sie plötzlich:
»Ich halt es nicht mehr aus.«
Und fiel zu Boden und starb.
Seitdem habe ich niemanden zum Reden
über meine Trauer,
mein Leid,
meine Wut,
meine Schuld.
Außer Antigone.

Eltern sollten ihre Kinder nicht überleben,
das ist ein Naturgesetz.
Aber sämtliche Gesetze, wenn es überhaupt noch welche gibt, werden gebrochen in diesem Land.

Für mich ist die Sprache bereits tot,
Hoffnung für immer vergangen.
Wie willst du Rache üben,
wenn dein Land der Feind ist?

Der wütende Mann** steht Seite an Seite mit **Antigone.
***Zehn Personen in schönen schwarzen Anzügen** klatschen.*
***Das Mitglied der politischen Partei** geht zum Mikrofon, singt ein Lied.*

Das Mitglied der politischen Partei
Life is a mixture of tears
and laughter
Life is a mixture of sorrow
and success

Sometimes you're drownin' in troubles
And everything around you goes wrong
And people see you through hostile eyes
And you just can't get along

Look to me, I could save your soul
Look to me, escape from this hole
Let me raise you up above
all your troubles, strife and woes
Fly away from your frustrations
'Coz I'm a man with a mission

Life is a mixture of pain
and pleasure
Life is a mixture of anger
and relief

Sometimes you've no explanation
'cept to scream, ›MOTHERFUCKER!‹
And you find nobody in the city
no helpin' hand in the entire land

Just look to me, I could save your soul
Look to me, the hotdog in your roll
Let me raise you up above
all your troubles, strife and woes
Fly away from your frustrations
'Coz I'm a man with a mission

'Coz I'm coming to town today
Come and get it, no more delay
You wanna feel happy, I'll make you feel happy
every day after day after day!

Antigone *und* ***Der wütende Mann*** *werden eingeäschert.*
Das Mitglied der politischen Partei *und* ***Zehn Personen in schönen schwarzen Anzügen*** *hören auf zu rauchen.*
Die Wände wackeln.

Das unheimliche Mädchen
Es ist meine Familiengeschichte.
Wir sollten nach Süden gehen,
ich bin schwanger.

Auftritt ***Der Mann, der ohne Herzschlag existiert.*** *Er benimmt sich wie eine Kakerlake und beißt in jedes Objekt, das er finden kann. Alle anderen ab.*

SZENE 7: Der Mann, der ohne Herzschlag existiert, lebt in einer leeren Stadt

Einige ***Roboter*** *erledigen den Haushalt in einem schicken Apartment.*

Der Mann, der ohne Herzschlag existiert
Stellen wir uns mal vor:
Die Welt ist untergegangen – nur noch ein einziges Lebewesen ist übrig auf diesem armen Planeten.
Was wird das sein?
Ein Mensch?
Nein.

Ich glaube, ihr kennt die Antwort.
Anpassungsfähigkeit ist zum Überleben das Wichtigste.
Wenn man sich jeder Umgebung anzupassen weiß,
hat man keine Angst,
wie rau die Umgebung auch immer ist.
Man leidet keinen Hunger,
keinen Durst,
keine Erschöpfung.
Man kann die ganze Welt essen, wenn man nur anpassungsfähig genug ist.

Der Außenstehende *tritt vorsichtig auf. Er schaut die* ***Roboter*** *an und versucht mit ihnen zu reden, spricht irgendeinen beliebigen an.*

Der Außenstehende
Entschuldigung, kann ich hier meine Wasserflasche auffüllen? Es tut mir leid, ich hab mich schon wieder verirrt. Jetzt hab ich großen Durst. Bitte, ich will nur ein bisschen Wasser, und dann geh ich sofort wieder.

*Der **Roboter** spricht nicht. Er schaut nur zu dem **Mann, der ohne Herzschlag existiert.***

Der Mann, der ohne Herzschlag existiert
Hey, Typ,
wie unhöflich, warum redest du nicht mit mir?
Ich bin hier der Hausherr,
wenn du Wasser willst, dann frag gefälligst mich.
In der guten alten Zeit
hatte meine Firma 20.000 Mitarbeiter,
und niemand hätte gewagt, mich zu ignorieren,
niemand von denen hätte das gewagt.
(Murmelt vor sich hin) Die jungen Leute heutzutage sind vielleicht unhöflich.

Der Außenstehende
Es tut mir leid. Ich hatte keine Ahnung, dass Sie sprechen können.

Der Mann, der ohne Herzschlag existiert
So eine Unverschämtheit.

Der Außenstehende
Ich, ich dachte bloß, eine Kakerlake kann doch nicht sprechen.

Der Mann, der ohne Herzschlag existiert
Kakerlake? Ich?

Der Außenstehende
Aber ja.
Jetzt bin ich verwirrt.
Sie sprechen zwar mit mir, aber trotzdem glaube ich, dass Sie eine Kakerlake sind.

Der Mann, der ohne Herzschlag existiert
Bin ich aber nicht. Ich lerne nur von den Kakerlaken.
Die begabteste Spezies auf dieser Welt,
wahre Genies.
Sie können unter allen denkbaren Bedingungen überleben.

Der Außenstehende
Wunderbar. Interessant, dass man von einer Kakerlake was lernen kann.
Darf ich ein bisschen Wasser haben?

Der Mann, der ohne Herzschlag existiert
Bedienen Sie sich.

***Der Außenstehende** nimmt eine Flasche aus dem Rucksack und füllt sie mit Wasser.*

Der Mann, der ohne Herzschlag existiert
Junger Mann, warum sind Sie hier?

Der Außenstehende
Ich bin unterwegs in die Hauptstadt.
Ich habe den Zug genommen, aber am zehnten Bahnhof ist er plötzlich stehen geblieben.

Mir wurde gesagt, nach Norden fährt nichts mehr, dort herrsche Krieg.
Also bin ich vom Bahnhof aus losgelaufen.
Vielleicht habe ich mich verirrt in diese leere Stadt.
Diese Wohnung ist der einzige Ort, wo Licht brennt.
Warum sind Sie hier?

Der Mann, der ohne Herzschlag existiert
Ich habe diese Stadt aufgebaut,
mein Leben und meine Leidenschaft dieser Stadt gewidmet.
Also gehe ich nirgendwohin.
Auch wenn niemand mehr meine Wohnungen kauft,
ist sie trotzdem mein Zuhause
und wird mein Grab sein.

Der Außenstehende
Interessant.
Ich habe gehört, dass ein Krieg heranzieht.

Der Mann, der ohne Herzschlag existiert
Ich bin perfekt anpassungsfähig.
Mir macht selbst ein Krieg keine Angst.

Der Außenstehende
Aber Sie haben keinen Herzschlag.

Der Mann, der ohne Herzschlag existiert
Nein. Doch, natürlich schlägt mein Herz.
Wie könnte ich sonst überleben?
(Murmelt zu sich selbst) Der junge Mann redet wirres Zeug.

Der Außenstehende
Das ist nett.
Endlich entdecke ich eine Spezies, die ohne Herzschlag existiert.
Sie haben so viele Bedienstete.

Der Mann, der ohne Herzschlag existiert
Früher hatte ich noch mehr.
Wenn Sie Hilfe brauchen,
fragen Sie sie einfach,
ich bin großzügig.
Aber erzählen Sie ihnen keine Geschichten.
Sie hassen Geschichten,
sie lieben ihre Erinnerungen.

Der Außenstehende
Wo ist Ihre Familie?

Der Mann, der ohne Herzschlag existiert
Sind alle in den Süden gegangen
und sonst wohin in die Welt.
Hier hat niemand mehr Familie,
alle verlassen das Land.

Der Außenstehende
Es ist langweilig hier,
nichts los.

Der Mann, der ohne Herzschlag existiert
Gar nicht langweilig.
Ich esse und trinke und schlafe den ganzen Tag voller Genuss.
Ich genieße mein Überleben.

Der Außenstehende
Was nutzt es, nur zu überleben?

Der Mann, der ohne Herzschlag existiert
Eine sinnlose Frage,
Überleben ist Überleben.
Wenn Sie hoch anpassungsfähig sind,
macht das Überleben Ihre ganze Existenz aus.
Es geht um nichts anderes mehr.

Der Außenstehende
Ist vielleicht albern von mir,
eine Kakerlake um Überlegungen zu ihrem Dasein zu bitten.

Der Mann, der ohne Herzschlag existiert
Was ist mit Ihnen, junger Mann?

Der Außenstehende
Was?

Der Mann, der ohne Herzschlag existiert
Die Bedeutung des Überlebens?

Der Außenstehende
Ah, ja. Ähm ... Nein. Keine Ahnung.

Der Mann, der ohne Herzschlag existiert
Warum gehen Sie dann nach Norden?

Der Außenstehende
Das ist das Einzige, was ich tun will.

Der Mann, der ohne Herzschlag existiert
Weil Sie überleben wollen.

Der Außenstehende
Nein,
STIMMT NICHT.
Nein.
Das ist nicht dasselbe.

Der Mann, der ohne Herzschlag existiert, *brüllt einen* ***Roboter*** *an.*

Der Mann, der ohne Herzschlag existiert
Ich hab Hunger.
Gib mir Essen.

Roboter
Mein Herr, wir haben nichts mehr zu essen.

Der Mann, der ohne Herzschlag existiert
(murmelt zu sich selbst) So eine Scheiße.

Der Mann, der ohne Herzschlag existiert, *beißt den* ***Roboter*** *und verschlingt ihn.* ***Der Außenstehende*** *kriegt alles mit, aber geht langsam ohne Gefühlsregung davon. Auftritt* ***Das unheimliche Mädchen.*** *Sie ist hochschwanger.* ***Das unheimliche Mädchen*** *sieht den* ***Außenstehenden*** *abgehen.*

Alle anderen ab außer dem ***unheimlichen Mädchen.***

SZENE 8: Schreiben für ein (noch) ungeborenes Kind

***Das unheimliche Mädchen** ist hochschwanger und schreibt in ein Mutter-Tagebuch.*

Das unheimliche Mädchen *(Voiceover)*
Ich wusste, ich würde zurückkommen.
Nach meinem Tod zurückkehren auf diese Welt.
Das ist mein Glaube,
der Glaube meiner Familie.
Samsara.
Aber mit dem Glauben hat es nichts zu tun.
Sondern,
sondern mit einer Sehnsucht zurückzukehren.
Ich will diese Welt nie für immer hinter mir lassen.
Alles hier wird mir fehlen:
die schönen Berge,
geniale Theaterarbeiten,
die Menschen, die ich liebe,
fantastische Momente in meinem Leben.

Aber bitte, bitte, ich will nicht direkt zurück,
und auch nicht nach kurzem,
nicht nach einem Monat,
nicht nach zehn Jahren,
nicht mal nach hundert Jahren.
Besser ist es, diese Welt für tausend Jahre zu verlassen
oder für fünftausend.
Ich kann irgendwo anders im Universum im Tiefschlaf
liegen
oder ein Leben oder viele auf einem anderen Planeten
leben
und dann zurückkehren

und diese Welt wiedersehen,
schöner ins Bild gesetzt,
in schönerem Umfeld.

Nein. Bloß nicht zu bald zurückkehren.
Das wird furchtbar.
Das wird die Hölle.
Diese Erde wird zur Hölle,
sehr bald,
früher als erwartet.
Das will ich nicht miterleben.

Angeblich habe ich die Wahl,
ob ich zurückkehren will oder nicht.
Samsara ist meine Wahl.
Ich könnte Samsara für immer verlassen
und upgraden auf ein schmerzfreies,
freudvolles Dasein.
Ich würde Schmerz, Krankheit und Tod hinter mir lassen.
Das ist Buddha,
ich könnte ein Buddha sein, wenn ich wollte.
Wenn ich wirklich entschlossen wäre, die Erfahrung dieser schmerzhaften Welt hinter mir zu lassen,
dann könnte ich das.
Klingt gut, oder?

Ich muss nur jegliche Gefühlsbindung an diese Welt kappen,
muss lernen, an nichts zu hängen,
nicht mal an meiner Liebe,
meiner Familie,
meinem Sohn, der bald auf die Welt kommen wird.

*Auftritt **Der Außenstehende.** Er liest, was **Das unheimliche Mädchen** schreibt.*

Und nicht zu vergessen: All das wird bald weg sein.
Du wirst irgendwann verschwinden,
schon bald,
einige Jahre nachdem du geboren bist,
werden dein Körper und Geist
verschwinden.

Soll ich dich gar nicht erst zur Welt bringen?
Soll ich dich in diesem Stadium aufgeben?
Ich könnte sogar mit dir gehen,
ich könnte mich vor einen einfahrenden Zug
aufs Gleis stürzen,
mich hoch droben an der Decke aufknüpfen,
vom höchsten Gebäude des Landes springen.

Soll ich dich nicht auf eine Welt bringen,
die zur Hölle wird?
Besonders dieses Land.
Ein Inferno wird dieses Land sein,
sehr bald.
Soll ich dir eine Welt ersparen, in der Trennung und
Verschwinden garantiert sind?

***Das unheimliche Mädchen** schreit vor Schmerzen.
Die Geburtswehen setzen ein. **Der Außenstehende** kriegt alles mit, ohne Gefühlsregung.*

SZENE 9: Eine Kriegsszene

Der Außenstehende *geht durch verlassenes Land.*

Der Außenstehende
Seit zehn Tagen habe ich niemanden gesehen.
Absolut niemanden,
keinen Menschen,
keine Spinne,
keine Kakerlake,
kein einziges Lebewesen.

Geräusche und Lärm gibt es noch,
Bomben, Gewehrfeuer,
Panzer rumpeln über die Autobahn,
Kampfjets kreischen am Himmel vorüber,
jammernde Kinder,
schreiende Frauen,
heulende Soldaten
ringsumher.
Alles voller Geräusche und Lärm.
Aber sehen kann ich nichts.

Auf der Straße
nichts als Wolken,
die Wolken hängen in der Luft
nur zwei Meter über mir.
Sie ziehen langsam,
langsam von links nach rechts,
Wenn ich springe, kann ich sie berühren,
glaub ich.
Aber ich hab's nie versucht.

Ich würde nichts als Wasser oder Eis berühren
oder Luft.

Manchmal glaube ich, ich wandle unter Wasser,
die Wolken sind die Meeresoberfläche.

Ich gehe weiter,
begegne immer noch niemandem,
absolut niemandem.
Ich gehe allein mit mir durch diese Ödnis.

Auftritt ***Die Katze mit einem Loch.*** *Sie verharrt still auf einer Seite der Bühne.*

Der Außenstehende
Ein Glück.
Endlich begegne ich einem Lebewesen,
auch wenn es eine Katze ist.

Die Katze mit einem Loch
Ich auch,
ich bin mehr als glücklich, ein Lebewesen zu sehen,
auch wenn es ein Mensch ist.

Der Außenstehende
Und sie kann sogar sprechen.
Es fühlt sich an, als hätte ich seit Jahren nicht gesprochen.

Die Katze mit einem Loch
Für mich auch.
Ich habe seit Jahren nicht gesprochen.

Der Außenstehende
Mit Menschen?

Die Katze mit einem Loch
Mit irgendeinem Lebewesen.

Der Außenstehende
Ich weiß, was du empfindest.
Einsamkeit ist das.

Die Katze mit einem Loch
Nein, nicht Einsamkeit.
Die Leere hat sich längst in mir eingenistet.
Einsamkeit ist nicht mal der Rede wert,
für mich ist sie ein Beweis.

Der Außenstehende
Beweis wofür?

Die Katze mit einem Loch
Dass ich nicht das einzige Lebewesen auf der Welt bin.

Der Außenstehende
Du willst also beweisen, dass die Welt nicht vor dem Ende steht?

Die Katze mit einem Loch
Nein,
so einfach ist es nicht.
Ich will beweisen, dass die Außenwelt nicht nur in meiner Vorstellung existiert,
dass es wirklich eine Welt außerhalb von mir gibt.
Andernfalls müsste ich vor Hoffnungslosigkeit sterben.

Alle Lebewesen müssen sterben, wenn sie keine Hoffnung haben.

Der Außenstehende
Das ist aber noch kein Beweis, dass du wirklich existierst.
Ich könnte nur in deiner Phantasie existieren.

Die Katze mit einem Loch
Du hast recht,
Ich kann nichts beweisen, nur indem ich mit dir spreche.
Deshalb möchte ich dich um etwas bitten:
Ich möchte, dass du mit deiner Hand in mein Loch greifst.
Tust du mir diesen Gefallen?

Der Außenstehende
Einverstanden.

Der Außenstehende *steckt seine Hand durch den Körper der* ***Katze mit einem Loch.*** *Es scheint der* ***Katze mit einem Loch*** *sehr große Schmerzen zu bereiten.*

Der Außenstehende *zieht seine Hand wieder heraus.*

Die Katze mit einem Loch
So ist es besser.

Der Außenstehende
Habe ich was falsch gemacht, dass es so wehtut?

Die Katze mit einem Loch
Nein.
Ich brauche dieses Gefühl einfach.
Wenn niemand da ist, der meinen Körper berührt,

dann spüre ich manchmal mein Loch nicht.
Dazu brauche ich jemand anders.
Schmerz beweist meine Existenz.

Der Außenstehende
Ach, interessant.

Die Katze mit einem Loch
Was beweist deine Existenz?

Der Außenstehende
Ich brauche keinen Beweis,
ich bin der Außenstehende.
Ich sehe die Welt nur von außen,
also weiß ich, dass ich ich bin.

Die Katze mit einem Loch
Tut es weh, der Außenstehende zu sein?

Der Außenstehende
Eigentlich nicht.

Ein Zug fährt weit, weit entfernt von ihnen. ***Die Katze mit einem Loch*** *sieht ihn passieren. Aber* ***Der Außenstehende*** *bemerkt ihn nicht.*

Die Katze mit einem Loch *geht langsam Richtung Zug.* ***Der Außenstehende*** *geht ab.*

SZENE 10: Nach Süden

Der Mann, der Schmerz mitansieht, *und* ***Das unheimliche Mädchen*** *in einem fahrenden Zug. Hinter ihnen ein Kinderwagen.*

Das unheimliche Mädchen
Wie fühlt es sich an, die Eltern von Hitler zu sein?

Der Mann, der Schmerz mitansieht
Keine Ahnung. Wüssten die auch nicht.

Das unheimliche Mädchen
Du meinst –

Der Mann, der Schmerz mitansieht
Hitlers Eltern.
Sind beide gestorben, bevor Hitler an die Macht kam,
vor dem Krieg und dem Holocaust.
Als sie noch lebten, wussten sie nicht, was ihr Sohn
tun würde.
Vielleicht hätte es sie sogar gefreut.
Ich weiß es nicht.

Das unheimliche Mädchen
Du bist ein guter Mensch, und ich, glaube ich, auch.
Wird unser Nachwuchs dann auch ein guter Mensch?

Der Mann, der Schmerz mitansieht
Jau,
höchstwahrscheinlich.
Hoffen wir's mal.

Das unheimliche Mädchen
Glaubst du, es ist möglich, einen Menschen vollkommen zu verstehen?

Weit, weit entfernt findet eine Demonstration statt. Sie wissen nicht, wofür die Bürger kämpfen. Es ist zu weit weg.

Der Mann, der Schmerz mitansieht
Siehst du was?

Das unheimliche Mädchen
Nein.
Es ist zu dunkel draußen,
ich kann nichts sehen.
Ich bin so blind wie du.
Keine Ahnung, was los ist.

Der Mann, der Schmerz mitansieht
Alles spielt sich weit von mir entfernt ab.
Ich glaube, ich werde der Außenstehende meiner Welt werden.

Die Katze mit einem Loch *nähert sich dem* ***Mann, der Schmerz mitansieht,*** *und dem* ***unheimlichen Mädchen. Der Mann, der Schmerz mitansieht,*** *berührt sie sanft.*

Der Mann, der Schmerz mitansieht
Wie hübsch sie ist.

Die Katze mit einem Loch
Ja, ich bin hübsch.

Das unheimliche Mädchen
Dass du sprechen kannst, macht dich noch hübscher.

Die Katze mit einem Loch *schaut den Kinderwagen an.*

Die Katze mit einem Loch
Ich bin ihm begegnet,
diesem Baby.
Aber er ist jetzt ganz anders.
Für euch ist er die Zukunft,
für mich die Vergangenheit
Ich bin ihm eben erst begegnet –
aber wie soll ich Zeit messen können?
Oder euch mein Zeiterleben vermitteln?

Das unheimliche Mädchen
Was heißt »Er ist anders«?
Kannst du das näher beschreiben?
Ich will unbedingt alles von ihm wissen.

Die Katze mit einem Loch
Du wirst ihn wachsen sehen
in der Zukunft,
nur einen Moment vom Jetzt entfernt.
Du musst Geduld haben.

Das unheimliche Mädchen
Wie soll eine Frau, die nur Bilder der Hölle sieht, dafür
Geduld aufbringen?

Der Mann, der Schmerz mitansieht
Hab doch Hoffnung, Liebste,
darum sind wir nach Süden aufgebrochen.

Die Katze mit einem Loch
Genau, Hoffnung.
Darum suche ich immer noch nach jemandem,
der mein Loch füllt.

Der Mann, der Schmerz mitansieht
Und wenn dein Loch gefüllt ist?

Die Katze mit einem Loch
Keine Ahnung,
ich kann's mir nicht vorstellen.
Vielleicht bricht meine Welt zusammen, weil ich keinen Schmerz mehr spüre,
vielleicht werde ich ganz anders,
vielleicht werde ich einfach zufriedener leben.

Oder ich werde allen Lebewesen zum Vorbild dienen,
weil ich das letzte Problem des Daseins gelöst habe.

Das unheimliche Mädchen
Früher bin ich in Musicals aufgetreten.
Ich dachte, mit einer guten Vorstellung kann ich die Welt verbessern –
wenn das Publikum lacht oder unsere Shows genießt,
dann sind mehr Menschen zufrieden auf dieser Welt.
Zumindest für einen Moment,
zumindest für eine Sekunde
sind ihr Leben und unser Leben weniger unerträglich,
dachte ich.

Eines Tages hieß es,
die Wände des Zuschauerraums werden eingerissen.
Wir sollten vor größerem Publikum auftreten,

und ohne Wände könnten mehr Menschen unsere
Shows sehen.
Ich fand die Idee wirklich gut,
so könnte ich noch mehr Menschen zufrieden machen,
zumindest für einen Moment.

Die Wände wurden eingerissen,
und ich bekam eine größere Welt zu sehen,
jeden Tag,
bei jeder Aufführung.
Aber ich hatte es mir anders vorgestellt.
Ich konnte die Eltern von Kindern mit ungewöhnlich
großen Köpfen nicht zum Lachen bringen,
ich konnte die Söhne und Töchter derer, die von Staats-
schergen umgebracht worden waren, nicht zum Lachen
bringen,
ich konnte die Gefangenen, die seit zehn Jahren rund um
die Uhr in einem kleinen dunklen Käfig gehalten werden,
nicht zum Lachen bringen
und dazu, mit ihrem Leben zufrieden zu sein.
Manche finden, ich nehme das zu ernst.
Es sind ja nicht wir, die nicht mehr lachen können.
Aber
für mich
sind Musicals nicht mehr möglich.
Das Musical ironisiert meine Hoffnung.
Ich konnte nicht mehr in Musicals auftreten.

Plötzlich hält der Zug an.

Zugdurchsage *(Off)*
Auf der Strecke vor uns findet eine Demonstration statt.

Wir halten hier außerplanmäßig, bis die Normalität wiederhergestellt ist. Wir bitten um Entschuldigung.

Lärm der Demonstration.

Stille.

Gewehrschüsse.

Stille.

Die Katze mit einem Loch *springt aus dem Fenster.*
Auftritt ***Der Vorsitzende.*** *Er steht nahe beim Publikum.*

Alle ab außer dem ***Vorsitzenden.***

SZENE 11: Die Fabrik mit dem Porträt eines Skeletts

Der Vorsitzende *scheint etwa 16 Jahre alt zu sein, dünn. Er begutachtet sorgfältig seinen Körper. Er befindet sich in der Fabrik aus dem Traum des* ***unheimlichen Mädchens*** *(Szene 3: Ein Traum von China). Ein großes Doppelbett. Das Porträt eines Skeletts hängt an der Wand.*

Der Vorsitzende
Hoppla,
bin dicker geworden.
Bisschen mehr Speck auf den Hüften
hier und da.
Das muss das Abendessen von gestern sein.
Ich wurde zu einem großartigen Diner eingeladen,
Pekingente, Haifischflossensuppe, unbeschreiblich,

sehr wertvoll und selten.
Das Essen ist so gut.
Sie würden auch nicht wagen, mir etwas anderes anzubieten.
Das Köstlichste in der Hauptstadt,
trotz der schwierigen Zeiten.
Aber ich habe nur wenig gegessen,
und da kriegten sie Angst.
»Ist das Essen nicht gut genug? Wir können was anderes anbieten. Oder ein anderes Restaurant. Oder wir töten den Koch für Sie.«
Ich wollte einfach bloß nicht zunehmen,
aber das hab ich ihnen nicht gesagt.
Ich sagte nur: »Ist in Ordnung.«
Und dann nichts mehr,
sie im Dunkeln tappen lassen.
Die Phantasie ist mächtig.
Bei anderen Phantasien in Gang setzen, das kann ich gut.

Ich habe einen Besucher.

Auftritt ***Der Außenstehende.***

Der Außenstehende
Hallo, Herr Vorsitzender.

Der Vorsitzende
Sehr erfreut.
Was haben Sie für mich?

Der Außenstehende *übergibt ihm eine Schachtel.*

Der Außenstehende
Ich hoffe, es gefällt Ihnen.

***Der Vorsitzende** entnimmt der Schachtel eine Puppe.*
*Die Puppe sieht genauso aus wie **Der Vorsitzende.***

Der Außenstehende
Herr Vorsitzender, nichts für ungut,
Sie sehen jünger aus, als ich dachte.

Der Vorsitzende
Jau.
Ich will eben jung und gesund bleiben,
für immer.

***Der Vorsitzende** nimmt ein Messer aus der Schachtel*
und begutachtet es. Das Messer ist sehr, sehr scharf.
Es scheint, als könne es alles auf der Welt durchschneiden.

Der Außenstehende
Damit können Sie die Puppe zum Leben schnitzen,
und sein Leben gehört Ihnen.
Ich weiß, dass Sie die einzige Person sind, die das darf.

Der Vorsitzende
Hey, junger Mann,
Sie kennen mich ja sehr gut,
das find ich super.
Wo haben Sie das her?

Der Außenstehende
Von meinem Vater.

Der Vorsitzende
Wo ist er jetzt?

Der Außenstehende
Er ist vor kurzem gestorben.

Der Vorsitzende
Wie schade, dann kann er mir nicht noch eine machen.
Was wollen Sie von mir?

Der Außenstehende
Ich will zum Nationaltheater in der Hauptstadt gehen
und brauche Ihre Erlaubnis.

Der Vorsitzende
Kein Problem,
ich gebe Anweisung, dass man Sie hinlässt.

Der Außenstehende
Vielen herzlichen Dank.
Wie bleiben Sie so jung?

Der Vorsitzende
Jeden Tag Sport,
nicht nach zehn ins Bett,
Ernährung im Griff behalten,
weniger Fleisch essen.
Und ich krieg zwei Massagen am Tag.
Ist kein Geheimnis dabei.
Jeder kann jung bleiben, wenn er will.

Der Außenstehende
Ich glaube, Sie sind über sechzig.
Normalerweise ist ein Mann in Ihrer Position mindestens sechzig.

Der Vorsitzende
Was fällt Ihnen ein, mein Alter zu schätzen!
Menschen, die nach meinem Alter fragen, werden gewöhnlich zum Tode verurteilt.

Der Außenstehende
Interessant.

Der Vorsitzende
Sie können jetzt gehen.

Der Außenstehende
Danke noch mal.

Der Vorsitzende
Bringen Sie noch eine Puppe mit, eine wie Sie, wenn Sie das nächste Mal kommen.

Der Außenstehende
Aber der Puppenmacher wurde vor zwanzig Jahren verurteilt und in Stücke geschnitten.
Seine ganze Familie steht seitdem unter Beobachtung.

Der Vorsitzende
Wie schade!
Ein großer Verlust für unser Land.
Wieso weiß ich davon nichts?

Der Außenstehende
Sie waren damals schon seit zwanzig Jahren Vorsitzender.

Der Vorsitzende
Wissen Sie, junger Mann,
um gesund zu bleiben,
muss man manches vergessen.
Unwichtiges ist die Aufmerksamkeit nicht wert.

Der Außenstehende
Das ist wohl der Schlüssel zu Ihrer Gesundheit.

Der Vorsitzende
Vermutlich.

Der Außenstehende
Wenigstens darauf legen Sie noch Wert.

Der Außenstehende *geht ab.* ***Der Vorsitzende*** *schnitzt mit dem Messer an der Puppe.*

Die Wände wackeln leicht. Stürmischer Wind.

Der Mann, der Schmerz mitansieht, *kommt herein, nimmt dem* ***Vorsitzenden*** *langsam das Messer aus der Hand. Er begutachtet es aufmerksam. Als könne er sehen.*
Der Vorsitzende *ab.*

SZENE 12: Eine Stadt ohne Regenschirm

Es regnet. ***Der Mann, der Schmerz mitansieht, Das unheimliche Mädchen*** *und der Kinderwagen im Regen. Sie werden gründlich durchnässt.*

Der Mann, der Schmerz mitansieht
Endlich sind wir hier in der Stadt des Südens.
Das Wetter ist erbärmlich,
der Regen nimmt kein Ende in dieser Stadt.

Ich will kein Richter oder Autor mehr sein,
ich arbeite jetzt als Wahrsager im Ausgehviertel.
Die Menschen hier mögen blinde Wahrsager.
Sie glauben wohl, wer in der Realität nicht sieht, kann in die Zukunft blicken.
Ich werde immer berühmter, weil ich die Zukunft korrekt vorhersage.

Eines Abends,
zu meinem Schrecken,
sucht Antigone mich auf.

Auftritt ***Antigone. Das unheimliche Mädchen*** *ab.*

Antigone
Ich bin nicht Antigone,
ich heiße Goneanti.
Du siehst nichts, stimmt's?
Du erkennst Menschen an ihren Stimmen,
da bringst du sie leicht mal durcheinander.

Der Mann, der Schmerz mitansieht
Aber das Orakel lügt nicht.
Du hast vor neunundzwanzig Jahren deinen Bruder verloren,
du liebst Radfahren und tust es jeden Tag.
Und seit drei Jahren solltest du tot sein.

Antigone
Du bist wirklich der beste Wahrsager der Stadt.
Ja, ich habe vor neunundzwanzig Jahren meinen Bruder verloren.
Er ist bei einem Unfall gestorben,
die Einzelheiten weiß ich nicht mehr.
Sechsundzwanzig Jahre lang bin ich jeden Tag Rad gefahren, bis ich von der Insel weggezogen bin.
Dein einziger Irrtum war, dass ich tot sein soll.

Der Mann, der Schmerz mitansieht
Also dann, was willst du wissen?

Antigone
Wer hierherkommt, will seine Zukunft wissen, oder?
Ich bin da keine Ausnahme.

Der Mann, der Schmerz mitansieht
Zukunft,
ja,
aber wie viel willst du wissen?
Manche haben vielleicht den Mut, die Zukunft bis zu ihrem Tod zu erfragen.
Andere wollen nur zwanzig Jahre vorhergesagt bekommen.

Antigone
Kein Problem.
Ich habe keine Angst vor dem Tod.

Der Mann, der Schmerz mitansieht
Schauen wir mal.
Dein Karriereweg ist verbunden mit dem Element Gold,
das heißt, du musst jeden Tag Urteile fällen.
Vielleicht bist du Lehrerin, Regisseurin oder –

Antigone
Richterin.

Der Mann, der Schmerz mitansieht
Das passt.
Du lebst ein Leben ohne Sorge,
du verdienst gutes Geld.
In diesen zwanzig Jahren
wird deine Karriere sich hervorragend entwickeln,
denn du kennst die Spielregeln,
und dein Ansehen wird wachsen.

Antigone
Perfekt.

Der Mann, der Schmerz mitansieht
Okay.
Jetzt sage ich dir, was ich jedem Klienten sage:
Ganz offen gesprochen,
ich kann über zwanzig Jahre hinaus nichts vorhersagen.
Ab dann kann ich nicht mehr klar sehen.

Antigone
Und warum hast du dann gefragt, wie viel ich wissen will?

Der Mann, der Schmerz mitansieht
Ich kann dir eine Version deines Schicksals sagen,
vielleicht die wahrscheinlichste,
aber garantieren kann ich nichts.

Antigone
Jetzt verstehe ich.
Ich würde sie trotzdem gerne hören.

Der Mann, der Schmerz mitansieht
Gut.
Nach einundzwanzig Jahren
stirbst du
qualvoll.
Den genauen Grund weiß ich nicht,
aber eine unheilbare Krankheit ist unwahrscheinlich.
Eher wirst du ermordet, brutal, hilflos,
so qualvoll, dass du wünschst, du wärst nie geboren worden.
Das Einzige, was dich ein kleines bisschen erleichtert:
Du bist nicht allein.
Du wirst nicht die Einzige sein, die elendig verreckt.

Schweigen.

Antigone
Ist das meine Bestimmung?

Der Mann, der Schmerz mitansieht
Ich sage dir nur, was ich sehe.

Antigone
Meinst du, ich bringe mich besser um, bevor es dazu kommt?

Der Mann, der Schmerz mitansieht
Nein.
Ich will keine Hoffnungslosigkeit verbreiten.
Es gibt viele Zukünfte,
vielleicht ist das die Zukunft 1.0.
Es gibt bestimmt noch eine Zukunft 2.0, 3.0 und 4.0.
Ich kann nur sagen,
wenn du auf deinem gegenwärtigen Weg bleibst,
führt er wahrscheinlich in die Zukunft 1.0.

Antigone
Gut.
Danke für die ehrliche Auskunft.

Der Mann, der Schmerz mitansieht
Gern geschehen,
ist meine Pflicht.

Antigone
Du bist so ein netter Mensch.
Darf ich dir einen Rat geben?
Vielleicht nützt er dir.

Der Mann, der Schmerz mitansieht
Ich hör ihn mir gerne an.

Antigone
Nimm keinen Schirm mit, wenn es regnet,
besonders nicht den gelben.

Zieh lieber eine Regenjacke an.
Die halten Regenschirme für tödliche Waffen,
mächtiger als Atombomben.
In deiner Freizeit
geh in tolle Restaurants,
oder arbeite an deinen Kochkünsten.
Essen und Kochen sind das Einzige,
was hier noch erlaubt ist.

Diese Stadt ist gefährlicher und unsicherer, als sie scheint.

Der Mann, der Schmerz mitansieht
Danke für den Rat.

Antigone
Pass auf dich auf.

Der Mann, der Schmerz mitansieht
Du auch.

***Antigone** ab. **Das unheimliche Mädchen** auf. Sie schiebt den Kinderwagen und hat eine Tasche dabei.*

Das unheimliche Mädchen
Zeit zum Entspannen.

***Das unheimliche Mädchen** holt einen Reistopf heraus. Sie richtet das allergewöhnlichste Abendessen für sie.*

***Der Mann, der Schmerz mitansieht,** und **Das unheimliche Mädchen** essen, die Stimmung ist gelöst.*

Das unheimliche Mädchen
Die Frau sah blass aus, als sie gegangen ist.
Was hast du zu ihr gesagt?

Der Mann, der Schmerz mitansieht
Etwas, was ich weiß, aber dir nicht erzählt habe.

Der Mann, der Schmerz mitansieht, *und* ***Das unheimliche Mädchen*** *bleiben auf der Bühne.*

SZENE 13: Leben wie ein Schatten

Ein Zuschauerraum auf der Bühne, zum Publikum hin ausgerichtet. Die Sitze sind ziemlich staubig und alt.

Der Außenstehende *sitzt auf einem der Stühle und hält die Schachtel.* ***Der Mann, der Schmerz mitansieht,*** *und* ***Das unheimliche Mädchen*** *tanzen langsam und zärtlich auf der Bühne. Sie scheinen ein Musical aufzuführen.* ***Der Mann, der Schmerz mitansieht,*** *kann in dieser Szene sehen.*

Der Mann, der Schmerz mitansieht
Was ist in der Schachtel?

Das unheimliche Mädchen
Warum starrst du uns immer noch an?
Ich sag's dir noch mal, wir sind nicht deine Eltern.

Der Außenstehende
Ich weiß.
Ich glaube dir das,

aber ich kann nirgendwohin.
Zuvor hatte ich nur die Sehnsucht, diese Schachtel
in dieses Theater zu bringen.
Jetzt bin ich hier.
Ich habe mein Vorhaben durchgeführt
und weiß nicht, was ich als Nächstes tun soll.
Das einzig Interessante ist, euch beiden zuzuschauen.
Ihr führt ein Musical auf –
vielleicht braucht ihr ja ein Publikum.

Der Mann, der Schmerz mitansieht
Ich bin ein Roboter,
sie ist eine Puppe.
Wir brauchen kein Publikum.

Das unheimliche Mädchen
Wir sind nur die Schatten dieses Theaters.
Schatten dieses Landes,
Schatten dieser Welt.
Wir brauchen nichts weiter, als
die Rollen der Schatten gut zu spielen.

Hey, junger Mann, wir haben nichts dagegen,
dass du hier sitzt und uns zuschaust,
aber erwarte nichts von uns.
Wo sind deine Eltern?

Der Außenstehende
Sie sind gestorben.
Mein Vater zuerst,
meine Mutter folgte ihm.

Der Mann, der Schmerz mitansieht
Tut mir leid, das zu hören.
Sie müssen einander sehr geliebt haben.
Und hältst du da die Asche deiner Eltern?

Der Außenstehende
Ich weiß nicht, was in der Schachtel ist.
Ich habe nie daran gedacht, sie zu öffnen.
Womöglich ist es die Asche meiner Eltern,
womöglich auch meine.
Ich bin der Außenstehende meiner Schachtel.

Der Mann, der Schmerz mitansieht
Interessant.

Das unheimliche Mädchen
Ich erinnere mich an eine Geschichte,
eine alte Geschichte.
Weil er es wagt, dem König die Wahrheit zu sagen,
wird einem Mann das Herz herausgeschnitten.
Aber dank der Zauberkunst eines Freundes
kann er noch gehen.
So wandert er ziellos Richtung Süden, ohne Herz.
Er wandert eine lange Zeit,
bis er auf eine alte Frau trifft, die ein Gemüse verkauft
namens
»herzloses Gemüse«.
Er fragt die alte Frau:
»Gemüse kann also ohne Herz überleben –
und Menschen?«
Die alte Frau antwortet:
»Gemüse kann wohl ohne Herz überleben,
aber Menschen ohne Herz sterben gewiss.«

Nach dieser Antwort
fällt er sofort tot um.

Die Wände wackeln heftig.

Der Mann, der Schmerz mitansieht
Da sind sie wieder.
Sie wissen nicht, wohin mit sich,
außer hier zu bleiben
und auf nichts zu warten.

Das unheimliche Mädchen
Wir hören bald auf zu tanzen,
vielleicht ist das hier unser letzter Tanz.
Vielleicht das letzte Mal, dass wir ein Musical aufführen.
Jeder
hier
muss
zu irgendeinem Zeitpunkt
etwas aufgeben,
was in seinem Leben wichtig ist,
um die Reise zu beginnen,
die Reise nach verschiedenen Versionen der Zukunft.
Jeder hat Angst, sich in einen Geist zu verwandeln.
Jeder vermeidet die Hölle der Wiederholung.

***Der Mann, der Schmerz mitansieht,** und **Das unheimliche Mädchen** hören auf zu tanzen.*

Der Außenstehende
Hey Mann,
kann ich dich was fragen?

Der Mann, der Schmerz mitansieht
Jederzeit.

Der Außenstehende
Warum kannst du wieder sehen?

Der Mann, der Schmerz mitansieht
Ich will noch einmal die Wahrheit sehen, bevor ich gehe.

Das unheimliche Mädchen
Wir müssen zu einem anderen Ort aufbrechen.
Vielleicht sehen wir dich nicht wieder.
Es gibt schon zu viele Abschiede,
und noch mehr werden kommen.

Der Mann, der Schmerz mitansieht, *und* ***Das unheimliche Mädchen*** *ab.*

Zum allerersten Mal zeigt ***Der Außenstehende*** *eine Gefühlsregung.*

Auftritt ***Zehn Geister.*** *Sie umgeben den* ***Außenstehenden.*** *Sie betrachten ihn mit äußerster Trauer in den Augen.*

Der Außenstehende
Lange Zeit hatte ich furchtbare Schmerzen.
Jedes einzelne Organ,
jeder einzelne Muskel,
mein Herz,
ALLES tat weh.
Ich hatte keine Ahnung, wo der Schmerz herkam.
Er war so klar und direkt,
ich konnte an nichts anderes denken.

Der Schmerz erfüllte meinen Alltag.
Zu dieser Zeit dachte ich,
ich würde den Schmerz mein Leben lang mit mir tragen
und mich nie an ein Leben ohne Schmerz gewöhnen.

Eines Nachts
hatte ich einen Traum:
Ich werde auf der Straße von einem Reporter interviewt,
ich erzähle was vom Widerstand,
und plötzlich finde ich mich auf einem Pier wieder.
Die Nacht ist stürmisch,
der Himmel strahlt in blendendem Licht,
tosender Donner,
heftiger Regen, als wolle der Himmel all sein Wasser
erbrechen.
Eine Fähre will anlegen, kann aber nicht.
Menschen rennen das Ufer entlang,
sie rufen:
»Komm mit!«
Ich folge ihnen,
renne schnell,
alle brüllen und schreien,
wir rennen Richtung Regierungsgebäude.
Plötzlich wird es Tag,
ein wolkenverhangener Tag.
Ich bin der Schnellste,
niemand mehr hinter mir,
aber viele beobachten mich von den
Fußgängerüberführungen.
Sie rufen:
»Runter! Runter!«
Ich bin fast bei der Schnellstraße vor dem
Regierungsgebäude,

Autos flitzen hin und her.
Soll ich die Schnellstraße besetzen?,
frage ich mich.
Ich überlege eine Weile.
Dann entscheide ich mich, nichts zu unternehmen
und zu warten, dass sich mir mehr Leute anschließen.

Ich bin erwacht,
und dann wurde ich zum Außenstehenden.
Ich fühlte keinen Schmerz mehr.

***Zehn Geister** kommen ihm näher.*

Der Außenstehende
Ihr müsst mir eure Geschichten nicht erzählen,
die kenne ich alle schon aus der Zeitung.
Bitte spart Zeit, denn das Leben verrinnt.
Das Land ist überfüllt von Geistern,
besonders in dieser unruhigen Zeit.

***Zehn Geister** stecken ihre Hände durch das Loch im Körper des **Außenstehenden. Der Außenstehende** schreit vor Schmerz.*

Die Schachtel verbleibt auf einem Sitz im Theater.

*Alle ab außer dem **Außenstehenden.***

EPILOG

***Der Außenstehende** und **Die Katze mit einem Loch** in einem Düsenjet.*

Die Welt unter dem Jet brennt. Sie schauen eine Zeitlang zu.

Die Katze mit einem Loch
Das Feuer ist hundert Jahre lang herangewachsen.

Der Außenstehende
Niemand ist mehr in der Hauptstadt,
kein einziger Mensch, außer dem Vorsitzenden.
Nur noch Geister,
Geister und ihre Geschichte.

Die Katze mit einem Loch
Zeit ist ein interessantes Konzept.
Ich weiß nicht, was ihr Menschen mit Geschichte meint –
für mich
gibt es keine Geschichte,
keine Vergangenheit,
keine Zukunft.
Ich habe nur das Loch in meinem Körper.

Wir beide wurden nie getötet,
wir können sie nicht verstehen.

Der Außenstehende
Ich fühle langsam wieder Schmerz,
nach
und nach.

Mein alter Freund klopft an die Tür.
Er ist zurück.

Die Katze mit einem Loch
Schmerz ist Gewissen,
junger Mann.
Das schadet dir nicht.

Der Außenstehende *und* ***Die Katze mit einem Loch*** *schauen einen Moment dem Feuer zu. Black.*

– ENDE –

Die erste Fassung habe ich im Juni 2015 in London fertiggestellt. Zum Schreiben saß ich in der Senate House Library (direkt hinter dem Britischen Museum) und in Ship Apartments in Shadwell, East London. Einige Szenen, darunter auch Szene 8, entstanden, während ich in Brüssel unterwegs war, um das Kunstenfestivaldesarts zu besuchen.

park inn

Teil 2

Eine posthumane Geschichte

Aus dem Englischen von John Birke

Frank, etwa 30

Jane, etwa 30

Anders
*Diese Figur wird nur von einem Darsteller gespielt

Eine Stimme

David (Franks Vorgesetzter)

Johnny

Kate die Hauswirtschafterin

Priscilla, um die 50

Die Ärztin

Sam

Nicholas

Ein Mädchen mit einem Baum, 21

Der Mann, der das Geisterkind füttert

Die Weiße Knochenfrau, alterslos

Prof. Ebert, um die 70

Sammi der Pflegeroboter

Die Ansammlung gequälter Seelen, alterslos

Sze Yin, um die 80

LÄNDER

Eine Mitte ohne Ende

Sieger: Das Land, das siegen muss

Krieger: Das Land der Krieger

Das Land der Isolation

Die Gipfelerlebnis-Union

Das Zentrale Erdgasland

Die Schatzinsel

PROVINZEN UND STÄDTE

Eine Provinz, die nach gegrilltem Lamm riecht

Rum

Die Hauptstadt von Eine Mitte ohne Ende

PROLOG: Ich arbeite von zu Hause aus

***Frank** kommt mit einem Tablet.*

Frank
Schön, dass ihr alle da seid. Ich möchte euch gerne erzählen, wie ich an diesen Job gekommen bin. Jeder will glücklich sein, oder? Ihr doch auch? Also, jetzt geht's mir spitze. Aber vor einem Jahr war ich depressiv. Suizidal. Alles lief falsch, und du bist ratlos. Alles war so … Als ob man durch ein Labyrinth irrt. Ich schäme mich nicht, darüber zu sprechen. Nein. Nicht mehr. Das war früher. Aber ich weiß, dass es vielen so ging wie mir. Geht wie mir. Frustriert. Depressiv. Aber keiner gibt es zu. *(Pause)* Manchen von euch geht's genauso, oder? Oder? Hey, kein Grund, sich zu schämen. Keine Sorge. Es wird besser. Ihr könnt euer Leben umkrempeln. So wie ich.

Damals hatte ich keine feste Arbeit. Hab in so einem winzigen Fastfood-Laden gejobbt. Ohne Tageslicht. Was hab ich da gemacht? Chickenwings frittiert, tagaus, tagein. Furchtbar. Der Gestank von Hühnern und Öl. Dann hab ich in einer Lebensmittelfabrik gearbeitet. Jeden Tag die Schalen von Garnelen abpulen. Die sind messerscharf, wusstet ihr das? Und verfärben die Finger. Ich dachte immer, so viele Leute lieben Garnelen, aber sind zu faul, die Scheißdinger selber zu schälen. Was für eine verrückte Welt.

***Frank** drückt dreimal auf das Tablet.*
***Janes** Foto auf dem Bildschirm.*

Frank
Meine Freundin Jane. Ist sie nicht super? Sie ist nicht hier, aber wir können sie sehen. Technik ist schon toll, oder? Letzten Winter konnten wir uns keine Wohnung leisten, also haben wir ein Haus besetzt ... ohne Heizung ... Mann, war das kalt. Aber wir waren glücklich. Oder? *(Schweigen)* Waren jeden Tag im Park, Enten füttern. *(Pause)* Dann hat Jane einen Job als Kellnerin in einem Chinarestaurant gekriegt. Spätschicht. Ganz spät erst heimgekommen. Aber hat gut verdient. Die Kunden haben sie geliebt. ***(Frank** schaut aufs Tablet.)* Kein Wunder, oder? Aber einmal ist ihr ein Typ gefolgt. Hat sie angesprochen, er wär in sie verliebt. Ich hätte ihr gerne gesagt, sie soll kündigen. Aber wir brauchten das Geld. Shit.

Ohne Jane hätte ich mich umgebracht.

***Frank** wischt **Janes** Foto weg. Stattdessen kommt die »Rekrutierungs-Anzeige«.*

Frank
Aber dann hab ich diese Anzeige gesehen und bin da hingegangen. Die haben gefragt, kennst du dich mit Technik aus? Nicht so richtig. Und mit Computerspielen? Ja, kann ich super. Da sagen die, wir haben genau den richtigen Job für dich. Und das Gute ist, du kannst von zu Hause arbeiten, und das Gehalt ist super. *(Pause)* Ich musste einen Haufen Formulare ausfüllen und ein paar Fragen beantworten. Komisches Zeug, zum Beispiel: Eine weiße Katze und eine schwarze Katze, beide ertrinken, welche rettest du? Na ja, am Ende hab ich den Job gekriegt. *(Pause)* Ihr wollt wissen, was ich mache, stimmt's? Ich zeig's euch.

Die Anzeige ist weg.
Auf dem Tablet: ein merkwürdiger Anmeldevorgang mit zwei Fragen:
Was ist Ihr Lieblingsessen?
Wer hat Sie in der Schule in Englisch unterrichtet?

***Frank** zeigt dem Publikum, wie man bombardiert.*
Noch drei Bomben.

Frank
Jane ist schwanger.

Ich bin wirklich glücklich. Ich lebe in einer wunderschönen Wohnung. So was hätte ich mir niemals träumen lassen. *(**Frank** richtet sich ans Publikum)* Hättet ihr auch gern so eine Wohnung wie ich, so ein Leben wie ich?

***Frank** zeigt die Website auf dem Tablet.*
Sie erscheint auf dem Bildschirm hinter ihm.
***Frank** dreht sich dorthin um.*

Einfach Formular ausfüllen und abschicken. Ihr könnt genauso glücklich sein!

Kurze Pause.

Frank
Mach ich das gut? Sprech ich zu schnell? Oder soll ich das Bild noch mal ...

Eine Stimme
Nein. Nein. Du machst das super.

Frank
Wirklich?

Eine Stimme
Jau.

Frank
/

Eine Stimme
Ruh dich erst mal aus. Die Präsentation beginnt in einer Stunde.

Frank
Danke.

Eine Stimme
Ganz locker bleiben. Du bist der Beste im Team.

***Frank** ab.*

AKT 1: ALTER 0

1. Home sweet home

***Frank** an seinem Heimarbeitsplatz. Er arbeitet mit seinem Controlpad. Auf dem Bildschirm sehen wir, was er sieht. Er steuert eine Drohne weit, weit entfernt. Sie überfliegt ein Schlachtfeld. Sie sucht unbekannte Ziele, aber sieht nichts als endloses wüstes Land.*

Frank
Na komm, Baby. Wo steckst du?

Die Drohne sucht weiter.
***Jane** klopft an.*

Jane
Abendessen.

Frank
Moment. Moment.

Die Drohne fliegt schneller. Plötzlich sieht sie ein Gebäude.
***Jane** ab.*

Frank
Essenszeit!

***Frank** drückt den Knopf. Das Gebäude wird bombardiert.*

Frank
Bingo. *(Spricht durch das Gerät mit **David.**)*
Mission erfolgreich.

David
Gute Arbeit, Alter. Bis morgen.

Frank
Bis dann, Alter.

Frank *geht ins Esszimmer.* ***Jane*** *ist schwanger. Sie setzen sich an den Tisch.*

Jane
Wäschst du dir nicht die Hände?

Frank
Ah, ja.

Frank *wäscht sich die Hände.*

Frank
Johnnys Kind soll nächsten Monat zur Welt kommen.

Jane
Und?

Frank
Johnny tritt ins Programm ein.

Jane
Und weiter?

Frank
Ist die letzte Chance.

Jane
/

Frank
Wir müssen es vor der 24. Woche machen.

Jane
Ich mach das nicht. Das weißt du.

Frank
Aber du willst doch ein glückliches Leben für das Baby, oder?

Jane
Dafür braucht es kein Programm.

Frank
Okay, denken wir mal so: Unser Junge ist hübsch und schlau. Er geht als Gewinner durchs Leben. Noch dazu ist er warmherzig und gewinnt die Herzen aller Mädchen.

Jane
Oder auch Jungs.

Frank
Vielleicht beides. Okay. Wir haben die Wahl.

Jane
Ich mag den Zufall.

Frank
/

Jane
Der Zufall ist das Schönste an der Welt. Ohne ihn gäbe es keine Menschheit, keine Erde, kein Universum. Was wir erleben, entspringt dem Zufall.

Frank
/

Jane
Bin ich schön?

Frank
Neues Outfit?

Jane
Bin ich schön?

Frank
Ja, wie immer.

Jane
Und siehst du gut aus?

Frank
Na ja, glaub schon …

Jane
Vertrau uns. Wir brauchen kein Programm, um ein perfektes Baby zu bekommen. Er wird ein glückliches Leben haben.

Frank
Ich, ich wollte es nur noch mal ansprechen. Nächste Woche ist die Frist. Und Geld ist jetzt kein Problem mehr.

Jane
Lassen wir uns überraschen.

Frank
Tja.
Ich hab sowieso schon mehr, als ich verdiene.

Jane
Ich werd nie vergessen, wie du mich unterstützt hast, als ich hier angekommen bin. Richtungslos wie eine Plastikflasche im Meer.
/
Dein Herz ist so gut, unser Baby wird auch gut.

Frank
/

Jane
Aufregend!

***Frank** lächelt. Sie essen.*
Musik blendet ein. Ein relativ trauriges Lied.

Frank
Ach komm.

Jane
Sogar K.I. merkt, dass du traurig bist.

Frank
Dann soll sie ein Lied nach deiner Gefühlslage spielen, nicht nach meiner.

Jane
Entspann dich, Frank.

Jane *starrt an die Decke. K.I. merkt was.*
Ein fröhliches Lied.

2. Kontrollzentrum

In einem kleinen Raum. ***Frank, David, Johnny.***

Johnny
Ich will da unbedingt mal hin.

Frank
Das lass mal besser.

Johnny
Wir sehen das immer nur von oben, aus den Drohnen. Aber es heißt »Eine Provinz, die nach gegrilltem Lamm riecht«. Zu Hause riech ich einen Scheiß. Das gegrillte Lamm dort soll wirklich gut sein.

Frank
Dann geh zu den Bodentruppen.

David
Ich brauch dich hier, Alter. Schalt einfach die Geruchsfunktion an, dann riechst du gegrilltes Lamm.

Johnny
Hab ich. Aber Tracy ist schlecht geworden.

Frank
Irgendwas Neues?

David
Nicht viel. Frank, gestern solltest du Waffendepots zerstören, aber es war ein Umerziehungslager.

Frank
Scheiße!

David
Ganz ehrlich, ich weiß gar nicht, ob das gut oder schlecht ist. Das Umerziehungslager lag noch weit weg von der Front. Hättest du's nicht zerstört, wären noch mehr Menschen noch länger gefoltert worden.

Frank
Aber wie kann so ein Fehler passieren?

David
Ich hab noch keine Ahnung.

Johnny
Die sind schlau.

David
Der Krieg ist schwerer als erwartet.

Frank
Ich dachte, mein Einsatz gibt denen Hoffnung.
Den Gefolterten. Aber ich hab sie alle umgebracht.

David
Nicht alle. Es gibt noch viele Umerziehungslager in der Region.

Frank
Scheiße!

David
Es wird noch dauern.

Johnny
Zeit, heimzugehen.

***Frank** und **Johnny** verlassen den Raum.*

Johnny
Hey, und für die paar mickrigen Neuigkeiten bestellt der uns zurück ins geheime Kontrollzentrum.

Schweigen.

3. Wähle dein Leben

***Franks** und **Janes** Wohnung.*
***Jane** starrt ins Leere.*
***Kate die Hauswirtschafterin** (nur eine körperlose Stimme) zeigt Bilder von Rückensteaks, Frühlingszwiebeln, Brot, Käse und Gemüse.*

Kate die Hauswirtschafterin
Euer gestriges Abendessen.
Das empfehle ich dir und Frank heute Abend.

***Kate die Hauswirtschafterin** zeigt Bilder von Babyspinat, roter Bete, Fetakäse, Frühlingswiebeln, Minze.*

Kate die Hauswirtschafterin
Ihr beide habt zuletzt zu viel Fleisch gegessen.

Jane
Ja, das nehm ich. Bitte bestell das, danke.

Kate die Hauswirtschafterin
Alles klar! Priscilla steht vor der Tür.

Jane
Lass sie rein.

***Priscilla** kommt herein.*

Priscilla
Wow, schau dich an. Wann ist es so weit?

Jane
Noch zwei Monate. Danke, dass du extra angereist bist.
Schön, dich zu sehen.

Priscilla
Kein Problem. Ich will dich schon lange treffen. Ist dir schlecht?

Jane
Mir geht's gut. Viel stabiler.

Priscilla
Super.

Jane
Ich glaube, nach zwei Monaten kann ich wieder arbeiten.

Priscilla
Ist das nicht überstürzt?

Jane
Mir ist schon jetzt zu langweilig. Jeden Tag empfiehlt mir die Hauswirtschafterin diese oder jene Aktivität. Fühlt sich an, als wär es gar nicht mehr mein eigenes Leben.

Priscilla
Vielleicht wechselst du mal die Hauswirtschafterin.

Es blitzt.

Jane
Nein, nein. War nicht so gemeint, Kate. Ich beschwer mich nicht über dich, nur über mein Leben.

Priscilla
Also. Ich wusste gar nicht, dass du früher in der Datenindikation gearbeitet hast.

Jane
Ja. Bevor ich hierhergezogen bin. Jeden Tag auf den Computer gestarrt, bin fast blind geworden. Deshalb hab ich's niemandem erzählt.

Priscilla
Ja, Frank ist es mal rausgerutscht.

Jane
Ich weiß.

Priscilla
Aber ist dir unwohl bei dem Gedanken, wieder in einer K.I.-Firma zu arbeiten?

Jane
Ich hab keine Lust mehr, im Chinarestaurant zu kellnern. Also hab ich keine große Wahl.

Priscilla
Mit was für Daten hast du gearbeitet?

Jane
Zuerst Bewegungserkennung. Bevor ich gekündigt hab, hab ich angefangen, abstrakte Gedanken zu lokalisieren.

Priscilla
Das ist sehr fortgeschritten.

Jane
Aber noch im Anfangsstadium.

Priscilla
Auf was für abstrakte Gedanken bist du spezialisiert?

Jane
Hauptsächlich Philosophie. Kant. Heidegger. Foucault. Žižek.

Priscilla
Wow! Dich brauche ich.

Jane
Bin ich eingestellt?

Priscilla
Ja, auf jeden Fall. Du bist genau die Richtige für uns. Da kenn ich dich seit einem Jahr und hab keine Ahnung von deiner geheimen Expertise. Also, alles Gute, und ich freu mich, dich bald in unserer Firma zu haben.

Jane
Willst du zum Abendessen bleiben?

Priscilla
Nein, ich muss schnell zu einem anderen Meeting. Aber danke.

***Priscilla** ab.*
Ein Blitz.

Jane
Kate, wirklich. Du machst das super. Ich brauche keine andere K.I.-Hauswirtschafterin. Glaub mir.

4. Ein Baby ohne Po

Im Krankenhaus. Auf einer Station.

Frank
Willst du ein Wasser?

Jane
Nein.

Frank
Sonst irgendwas?

Jane
Nein. Nichts.
Du bist nervös.

Frank
Nein. Nein. Ja. Kein Wunder.

Jane
Frank.

Frank
Ich versteh's einfach nicht.

Jane
Ist nicht leicht.

Frank
Warum passiert uns das?

Jane
Du siehst doch unseren Jungen. Er ist so niedlich, er schreit ganz viel. Er ist lebendig.

Frank
Aber nicht vollständig. Er hat keinen Po.

Jane
Lebendigsein ist schon eine Art Vollständigkeit.

Frank
Er ist immer noch gefährdet.

Jane
Wahrscheinlich wird er überleben. Hat die Ärztin doch gesagt.

Frank
Ich versteh's einfach nicht.

*Die **Ärztin** kommt rein.*

Ärztin
Uns ist endlich eine Idee gekommen. Wir wollen Ihre Meinung dazu hören.

/

Ärztin
Die Firma, von der ich erzählt habe, hat eine Lösung. Die können für den Jungen einen Cyberpo anfertigen. Der Cyberpo ist ihre neueste Erfindung und komplett kompa-

tibel mit dem menschlichen Körper. Durchgetestet. Die sind ziemlich sicher, dass Ihr Sohn damit überleben kann.

Jane
/

Ärztin
Wahrscheinlich wird er zum Wegbereiter einer neuen Art Mensch. Es gibt nur ein Bedenken: Der Cyberpo wird das Wachstum des Jungen beschleunigen. Aber wie stark, ist schwer abzuschätzen.

Jane
Was bedeutet das?

Ärztin
Er könnte jedes Jahr um zehn Jahre altern. Oder jedes halbe Jahr. Anders gesagt, womöglich lebt er nur vier bis acht Jahre.

/

Frank
Warum? Warum verkürzt der Cyberpo sein Leben?

Ärztin
Wir wissen es noch nicht. Selbst die Firma ist sich nicht sicher. Es ist nur ein mögliches Szenario, vielleicht kommt es ganz anders. Aber das ist die beste Behandlung, die wir derzeit anbieten können.

/

Jane
Wir machen das.

Frank
Jane, das müssen wir erst besprechen. Vielleicht –

Jane
Ich will, dass er lebt.

Frank
/

Ärztin
Gut. Eins noch, die Firmenchefin kommt aus derselben Stadt wie Sie.

***Ärztin** ab.*

Jane
Haben wir irgendwas Böses gemacht, Frank?
In meiner Heimatstadt sprechen wir Kantonesisch. Und da gibt's ein Sprichwort: Wenn du etwas Böses tust, wird dein Sohn ohne Po geboren.

5. Die unbequeme Wahrheit

***Franks** Wohnung.*
***Frank** schaut sich die Aufnahmen seiner vergangenen Missionen an.*
Der Film zeigt noch mal die Wüstenlandschaft.
Und plötzlich wirft die Drohne die Bomben ab.
***Frank** spult zurück. Zeitlupe.*

Ihm fällt etwas Ungewöhnliches auf.
Er spult noch mal zurück und justiert die Geschwindigkeit.
Er findet eine Frau, die einen Jungen hält. Sie schaut die Drohne an. Verzweifelt.
Dann wird sie in Stücke gesprengt.

6. Kontrollzentrum 2

Im Kontrollzentrum.

David
Ich will, dass du bleibst.

Frank
Bitte.

David
Du bist der beste Pilot. Du bist ein unverzichtbarer Teil der Drohne. Du bist die Drohne.

Frank
Ich will das echte Schlachtfeld sehen. Ich will die Gebiete sehen, die ich bombardiert habe.

David
Kannst du doch alles von hier aus sehen.

Frank
Nein. Ich will es erleben. Mit eigenen Augen.

David
Als Teil der Bodentruppen kannst du getötet werden. Das ist dir klar?

Frank
Mhm.

David
Denk an dein Baby. Du willst doch die Zeit mit ihm und deiner Frau nicht verpassen.

Frank
Ich weiß. Deshalb geh ich dorthin. Ich will die Wahrheit finden. Und sein eigentliches Leben zurückkriegen.

David
Wahrheit? Vielleicht findest du gar nichts dort.

Frank
Kann man vorher nie wissen. Ich will die Wirklichkeit sehen.

/

David
Reicht ein halbes Jahr?

Frank
Das geht.

David
Bleib am Leben.

Frank
Danke.

7. Tränen vergießen auf der Reise

Jane *singt ein kantonesisches Lied namens »Tränen vergießen auf der Reise« (youtube.com/watch?v=mGIID-2mvOBg).* ***Frank*** *versteht den Text nicht, lauscht nur. Am Ende des Lieds geht er. Das Lied ist eigentlich ein Duett zwischen Mann und Frau,* ***Jane*** *singt es alleine. Es ist ein für beide schmerzvolles Abschiedslied, in dem der Mann zu seiner Mission aufbricht, Rückkehr ungewiss.*

AKT 2: ALTER 0–10

1. Schmerz ist Ethik

***Janes** Wohnung.*
***Anders** ist wie ein sechs Monate altes Baby. Er krabbelt auf dem Boden und erkundet neugierig den Raum. Plötzlich beißt er in den Tisch, aber das schmeckt nicht gut. Er krabbelt an die Bühnenkante. Dort hält er inne und blickt in den Abgrund.*

Jane
Hey, pass auf.

***Anders** krabbelt zu seiner Mutter. Umarmung.*

Jane
Kate, aktuelle Nachrichten.

***Kate die Hauswirtschafterin** spielt Fernsehnachrichten ab. Es geht um den Krieg. **Jane** ab. **Anders** schaut zu. **Anders** versucht aufzustehen. **Jane** mit einem Steak.*

Anders
Mama, Papa. Papa weiß, Schmerz ist Ethik. Er geht.

Jane
Ach komm! Kannst du nicht sprechen wie ein sechs Monate altes Baby?

Anders
Buh. Buh.

Jane
Milch?

Anders
Buh!

***Anders** trinkt Milch. Eine Weile. Hört mit der Milch auf. Zeigt auf seine Zähne.*

Anders
Reisbrei. Reisbrei. Beißen. Was beißen.

Jane
Schatz, du bist ein Monster.

***Anders** holt sich **Janes** Steak und verschlingt es.*

2. Das Schlachtfeld

*Drei Soldaten: **Sam, Nicholas, Jack** und **Frank.***

Sam
Freak.
*(zu **Frank**)* Du hast sie nicht alle.

Nicholas
Deine Alte muss dich echt langweilen, dass du an so einen Scheißort kommst.

Sam
Gegrilltes Lamm? Ich riech nur gegrillten Menschen.

Nicholas
Was ist los mit dir, Vollidiot?

Frank
Ich bin Drohnenspezialist, und mein Land hat mich hierhergeschickt. Das ist alles.

Sam
Du bist der beste Pilot, den ich je gesehn hab. Wie du durch Gassen fliegst, das ist Entertainment vom Feinsten.

Nicholas
Wo kommst du her?

Frank
Aus dem »Land der Isolation«. Und ihr?

Nicholas
»Krieger«.

Sam
»Sieger«.

Frank
Seid ihr schon lange hier?

Sam
Fast seit Kriegsbeginn. Wir dachten alle, es ist schnell vorbei. Schien so simpel, oder? Die Leute aus dem »Zentralen Erdgasland« stürzen ihre Regierung und greifen »Die Provinz, die nach gegrilltem Lamm riecht«, an, um die Umerziehungslager zu befreien. Wir kommen aus

humanitären Gründen dazu. Wie kann es sein, dass unser Bündnis »Eine Mitte ohne Ende« nicht schnell besiegt?

Nicholas
Du vergisst eines, Alter. »Eine Mitte ohne Ende« hat vorher »Die Schatzinsel« angegriffen. Deshalb bist du hier. Dein Land »Sieger« hat hier einen Krieg begonnen, und so hat »Eine Mitte ohne Ende« von der »Schatzinsel« abgelassen. Und hier wurde es dafür zur Hölle auf Erden.

Sam
Das reinste Wunder! »Krieger« und »Das Land der Isolation« tun sich mit »Sieger« zusammen, um »Eine Mitte ohne Ende« zu bekämpfen.

Nicholas
Gar kein Wunder. Wahrscheinlich der Weltuntergang.

Frank
Wart ihr mal in so einem befreiten Umerziehungslager?

Niemand antwortet.

Frank
Wie das wohl ist?

Nicholas
Bist du hier, um die Lager zu besuchen?

Frank
Nein. Nein. Eigentlich nicht. Nein.

Sam
Wir führen nur die Mission durch und gehen wieder.

Nicholas
Niemand will diese Lager sehen.

/

Frank
Wie soll dieser Scheiß nur ein Ende finden?

Sam
Wir nähern uns »Rum«. Wenn wir das eingenommen haben, ist Ende.

Nicholas
Ende? Ein Ende kann ein Anfang sein.

Eine Bombe.

Sam
Hey, Frank. Zeig mal, was du draufhast! Ich brauch ein bisschen Entertainment.

3. Ein Mädchen mit einem Baum

*Ein Café in der Nähe von **Janes** Wohnung.*
***Anders** isst eine Schüssel Nudeln. In dieser Szene spricht **Anders** wie ein Dreijähriger.*
***Ein Mädchen mit einem Baum** sitzt vor ihm. Das Mädchen hat wirklich einen Baum auf dem Kopf, er ist etwa 20 cm hoch. Sie ist ungefähr 21 Jahre alt.*

Anders
Komisch.

/

Anders
Baum, komisch.

Ein Mädchen mit einem Baum
Danke.

Anders
Baum, warum?

Ein Mädchen mit einem Baum
Die Antwort ist dieselbe wie, warum du hier sitzt.

Anders
Hunger?

Ein Mädchen mit einem Baum
Wegen Unkontrollierbarkeit.

Anders
Ich find's super.

Ein Mädchen mit einem Baum
Du sprichst auch komisch.

Anders
Ja? Weiß ich nicht.
Obst auch? Auf dem Baum?

Ein Mädchen mit einem Baum
Auf meinem Kopf gibt's nur Vögel und Scheiße.

Anders
Ich seh nichts.

Anders** nähert sich dem **Mädchen mit dem Baum.

Ein Mädchen mit einem Baum
Da ist nichts. War nur ein Witz.

Anders
Schluck keine Wassermelonenkerne, sonst kriegst du einen Wassermelonenbaum auf dem Kopf. Sagt meine Mama.

Ein Mädchen mit einem Baum
/

Anders
Versuch ich mal. Wassermelonenkerne.

Ein Mädchen mit einem Baum
Wo ist deine Mama?

Anders
Im Supermarkt. Was echtes sehn. Nicht Kate bestellen lassen. Manchmal.

Ein Mädchen mit einem Baum
Ich seh in dir auch was Komisches.

Anders
Ja?

Ein Mädchen mit einem Baum
Eine Vielfältigkeit.

Anders
Versteh nicht.

Ein Mädchen mit einem Baum
Da passt was nicht zusammen, körperlich und seelisch.

Anders
Schwierig.

Ein Mädchen mit einem Baum
Wie alt bist du?

Anders
Auch schwierig.

Ein Mädchen mit einem Baum
Warum?

Anders
Ich wurde vor vier Monaten geboren.

Ein Mädchen mit einem Baum
Ui …

Anders
Ein vier Monate alter Junge. Mag ich nicht. Die essen keine Nudeln mit Soße.

Ein Mädchen mit einem Baum
Seltsam. Aber heutzutage ist nichts mehr wirklich seltsam.

***Ein Mädchen mit einem Baum** geht.*
Sie lässt ein Blatt auf dem Boden liegen.
***Anders** hebt es auf.*

4. Menschenfarm

***Frank** durchsucht das Umerziehungslager. Die ganze Zeit kommuniziert er drahtlos mit **Sam** und **Nicholas.** Die beiden sind nicht im Lager.*

Nicholas
Jetzt weiß ich's. Du bist wie ein Museumsbesucher.

Frank
Leck mich, Alter.

Nicholas
Ein Besuch im Umerziehungslager-Museum, bisschen was lernen und hinterher schön essen gehen.

Frank
Nein. Mir ist das ernst.

***Frank** geht durchs Lager. Nur eine Menge Stockbetten.*

Sam
Hab ich doch gesagt. Nichts Besonderes.

Frank
Tja.

Sam
Dieser Ort ist jetzt nicht mehr wichtig. Wir haben alle Feinde besiegt, die Opfer werden versorgt. Unser neues Ziel ist »Rum«.

Frank
Ich hoffe, ich vergeude eure Zeit nicht zu sehr.

Sam
Nein, wir haben Spaß. Keine Sorge.

Nicholas
Bier und echtes gegrilltes Lamm.

***Frank** betritt einen sehr, sehr kalten Raum. Darin steht ein Bett. Es ist wie ein OP-Raum. Ein paar Eimer. Er öffnet die Tür eines der Schränke. Darin wird Blut gelagert.*

Sam
Mann, du bist unterwegs in Richtung Alptraum.

***Frank** öffnet eine andere Tür. Dahinter Organe.*

Nicholas
Das ist Big Business.

Sam
Geh lieber nicht weiter. Wenn du die Hölle gesehen hast, lebt die Hölle in dir. Für immer.

*Die Eimer sind voller Wasser. Und da ist noch was drin. **Frank** nimmt etwas aus einem der Eimer. Es ist ein totes Baby.*

Sam/Nicholas
Scheiße.

5. Wie indiziert man Kant?

***Priscillas** Büro. **Jane** zeigt, wie die K.I.-Indikation funktioniert. An die Decke wird ein Hirn projiziert. Die Neuronenaktivierung ist zu sehen.*

Jane
Hier, siehst du. Die Lehrerin bringt den Schülern Kants erste Formel bei: »Handle nur nach derjenigen Maxime, durch die du zugleich wollen kannst, dass sie ein allgemeines Gesetz werde.« In diesem Areal werden die Neuronen aktiviert. Im simulierten Gehirn reproduzieren wir denselben Pfad im selben Tempo. Danach fragen wir, wie Kants erste Formel lautet. Und das simulierte Gehirn kann den Satz wieder erzeugen.

Priscilla
Genial!

Jane
Soll ich die philosophischen Gedanken indizieren?

Priscilla
Nein. Eigentlich forschen wir auf dem Gebiet nicht. Eine andere Firma wird das Marktmonopol übernehmen.

Jane
Ich glaube, die ist noch nicht erfolgreich.

Priscilla
Nicht so ganz. Die arbeiten noch dran. Du hast also recht, noch ist niemand erfolgreich. Was wir wollen, ist noch schwieriger und komplizierter. Vielleicht einflussreicher. Wir wollen Geschichten indizieren.

Jane
Wow!

Priscilla
Jeder hört in seinem Leben eine Menge Geschichten. Von der Kindheit bis ins Erwachsenenalter. Geschichten sind attraktiv, weil sie vielfältig sind. Sie überraschen.

Jane
Wenn sie gut sind.

Priscilla
Stimmt. Aber wir stellen fest, dass menschliche Reaktionen auf Geschichten unvorhersehbar sind. Selbst wenn derselben Person dieselbe Geschichte noch einmal erzählt wird.

Jane
Mit anderen Worten, es ist schwer, ein Modell der Neuronenaktivität zu erstellen.

Priscilla
Genau. Darum bist du hier.

Jane
Ich hab noch nie versucht, Geschichten zu indizieren.

Priscilla
Aber du hast Erfahrung mit der Indikation abstrakter Gedanken. Wir müssen nur ein Modell erarbeiten.

Jane
Geschichten bedeuten eine Offenheit für Interpretation. Das ist fast unmöglich.

Priscilla
Aber findest du's nicht auch spannend?

Jane
Klar. Als ob man die Büchse der Pandora öffnet.

6. Verbundenheit

*In dieser Szene spricht **Anders** wie ein Sechsjähriger.*

Anders
Hier. Mein Cyberpo.

Ein Mädchen mit einem Baum
Wie fühlt sich das an? Dein Po?

Anders
Nicht besonders. Ich hab keinen Vergleich, ich hab nie gelebt wie andere.

Ein Mädchen mit einem Baum
Ist es unpraktisch?

Anders
Nein. Manchmal spüre ich, dass er Daten verarbeitet.

Ein Mädchen mit einem Baum
Daten?

Anders
Er kriegt eine Menge Input. Bilder, Sprachen, Empfindungen. Alles Mögliche. Ich kann es nicht genau erkennen, nicht genau erfassen. Aber er verarbeitet irgendwas. Also nenn ich's einfach Daten. Ungenau, ich weiß.

Ein Mädchen mit einem Baum
Ist das unbequem?

Anders
Bei sehr großen Datenmengen juckt mir der Po. Ich merke, dass die Datenverarbeitung nicht in meinem Hirn stattfindet. Sondern in meinem Po. Mein Hirn schaut oft meinem Po bei der Arbeit zu. Als ob ich zwei Gehirne hätte.

Ein Mädchen mit einem Baum
/

Anders
Ah, ja, manchmal spüre ich eine Verbundenheit.

Ein Mädchen mit einem Baum
Verbundenheit womit?

Anders
Weiß nicht. Kann's nicht genau erklären.

Ein Mädchen mit einem Baum
Hmm ... Also wenn ich zum Beispiel an einem sonnigen Tag in den Park gehe, fühle ich mich der Natur verbunden. Manchmal.

Anders
So fühlt es sich nicht an. Hmm ... Sorry, kann's nicht besser erklären.

Ein Mädchen mit einem Baum
Bohre ich zu viel nach?

Anders:
Nein, keine Sorge.

Ein Mädchen mit einem Baum
Ich wurde auch nicht aus der Natur heraus geboren.
In gewisser Weise.

Anders
Wegen deinem Baum.

Ein Mädchen mit einem Baum
Weil ich im Programm geboren wurde. Meine Eltern sind sehr reich. Als ich noch im Bauch meiner Mutter war, sind sie dem Genmodifikationsprogramm beigetreten. Kennst du das?

Anders
Nein.

Ein Mädchen mit einem Baum
Das Programm macht das Baby zu einem perfekten Men-

schen, dem schönsten, sportlichsten, klügsten. Ich wurde als perfektes Wesen geboren. Aber ich finde immer, das bin nicht ich. Sie haben mir MICH vorenthalten, ehe ich noch geboren war. Ich bin nicht echt. Nichts ist echt.

Anders
Ich weiß auch nicht, wie sich ein echter Po anfühlt.

Ein Mädchen mit einem Baum
Als ich 13 war, wollte ich mich einmal loswerden. Ich bin in einen Wald gegangen, völlig ohne Elektrogeräte. Allein. Bei Sonnenuntergang. Als ich in der Mitte des Waldes ankam, sah ich eine Katze mit einem Loch. Einem Loch im Körper. Es war schon dunkel, aber im Mondlicht konnte ich noch sehen. Sie sprach mich an. Sie konnte menschliche Sprachen. »Hey, Mädchen, was suchst du?« »Nichts«, antwortete ich. Dann starrte sie mich an. »Vergangenes ist vergangen. Du kannst nicht zurück. Es nützt nichts, dein zurückgelassenes Ich zu finden.« »Kann ich ohne mich leben?«, fragte ich. »Die Vorstellung eines ›Ichs‹ ist wahrscheinlich eine Illusion.« Sie schaute mich wieder an. »Ich weiß, du wirst diesen Gedanken nicht loswerden. Okay. Setz dich. Ich will dir helfen.« Ich setzte mich unter einen Baum. »Schließ die Augen.« Ich schloss sie. »Sobald du dich wohlfühlst, kannst du die Augen wieder öffnen.« Zeit verging, gefühlt ein paar Minuten. Ich öffnete die Augen. Die Sonne ging schon auf, und aus meinem Kopf war ein kleiner Baum gewachsen.

Anders
Schade. Der Baum kommt also gar nicht von einem Wassermelonenkern.

Ein Mädchen mit einem Baum
Ich liebe diesen Baum. Meine Eltern nehmen an, dass bei meiner Genmodifikation irgendwas schiefgelaufen ist. Aber es gibt keine Beweise dafür. Ich umsorge den Baum gern. Wird er zu groß, stutze ich ihn zurück, wie Haare schneiden. Ich fühle mich besser, wenn ich den Baum auf meinem Kopf sehe.

Anders
Ich liebe deinen Baum auch.

/

Ein Mädchen mit einem Baum
Anders, wir haben uns erst letzte Woche gesehen, und du scheinst schon wieder erwachsener.

7. Familientreffen (virtuell)

*In **Janes** Wohnung.*
***Jane, Anders** und **Frank** kommunizieren virtuell miteinander. **Anders** spricht in dieser Szene wie ein Zehnjähriger.*

Frank
Anders, du bist so schnell gewachsen.

Jane
Wenn du nicht früher nach Hause kommst, triffst du nur noch einen alten Mann.

Anders
Papa, mach dir keine Sorgen um mich. Ich bin glücklich und habe Freunde.

Frank
Geht er zur Schule?

Jane
Das hatten wir doch schon. Du hast es vergessen. Was für eine Schule soll ihn denn nehmen?

Anders
Ich will zur Schule gehen.

Jane
Er kommt in die erste Klasse, und nach einem halben Jahr ist er schon 20 oder 30 Jahre alt! So eine Schule gibt's noch nicht.
Wie ist die Arbeit?

Frank
Genau wie zu Hause. Ich steuere die Drohnen und führe verschiedene Missionen durch. Normalerweise muss das von den Piloten vor Ort gemacht werden. Es ist relativ sicher.

Jane
Hast du irgendwas ... Besonderes gesehen, das helfen könnte?

Frank
Ich habe Katastrophen gesehen, Alpträume, aber nichts Relevantes gefunden.

Jane
Dann komm nach Hause.

Frank
Ich, hmm. Ja, ich komme ganz bald.

Anders
Ja! Dann seh ich endlich meinen Papa in echt!

Jane
Anders, lässt du uns bitte ein paar Minuten allein?

***Anders** ab.*
Schweigen.
***Frank** und **Jane** wollen gleichzeitig anfangen zu sprechen, aber halten dann gleichzeitig inne.*

Frank
Manchmal fahren wir ein paar Stunden, und es gibt keine Dörfer, keine Gebäude. Keine Menschen. Und plötzlich empfinde ich Frieden. Besonders im Dunkeln. Und dann denke ich, braucht diese Welt überhaupt Menschen?

Jane
/

Frank
Im Dunkeln, allein, spüre ich auch etwas Böses in mir drin. Was mir Angst macht. Ich glaube, ich könnte einer von denen sein. Von diesen Anklägern. Die Leute, die wir besiegen werden. Wäre ich hier geboren worden, hätte ich vielleicht dasselbe gemacht wie sie. Es ist ein Teil von mir. Kann ich nicht leugnen.

Jane
/

Frank
Das erschreckt mich.

Jane
Gut, dass du weißt, dass es so ist.

8. Die Eroberung von »Rum«

***Frank** durchsucht die Straßen. Er spricht weiterhin drahtlos mit **Sam** und **Nicholas.** Die beiden sind nicht bei ihm.*

Frank
Laut GPS sollte meine Drohne hier sein.

Nicholas
Noch nichts gefunden?

Frank
Nein. Müsste gut zu sehen sein, die Drohne ist zwei Meter breit. Meine Partnerin fehlt mir. Sie bringt mir immer Glück.

Sam
Ich weiß nur, wenn wir »Rum« erobern, dann können wir nach Hause. Die Lager haben wir schon befreit. Mission erfüllt.

Nicholas
Aber »Eine Mitte ohne Ende« versinkt im Chaos. Da tobt ein Bürgerkrieg.

Sam
Geht uns nichts an.

Nicholas
Aber unsere Länder werden uns länger hierbehalten. Denk ich mal.

Frank
Hey, irgendwas stimmt nicht mit meinem GPS. Es zeigt die Karte meiner Heimatstadt.

Sam
Was?

Frank
Es zeigt an, dass ich nahe bei meinem Zuhause bin? Meiner Heimatstadt.

Nicholas
Lass mal sehen. Scheiße. Wir sehen dich in einem Meer. Wir wurden gehackt!

Sam
Frank, Rückzug!

Eine Bombe. Die Verbindung bricht ab. Es ist dunkel.

9. Der Mann, der das Geisterkind füttert

Der Mann, der das Geisterkind füttert, *kommt mit einer Puppe. Die Puppe ist etwa einen Meter groß. Er setzt sich und wartet kurz. Eine Stimme ist nicht auf der Bühne zu sehen.*

Eine Stimme
Schön, Sie kennenzulernen, Mann, der das Geisterkind füttert.

Der Mann, der das Geisterkind füttert
Schön, Sie kennenzulernen, Herr Stimme.

Eine Stimme
Vergeuden wir keine Zeit. Sie wollen ja sicher nicht lang mit mir sprechen. Was wollen Sie?

Der Mann, der das Geisterkind füttert
So wie ich das verstehe, geht's um einen Handel. Beide Seiten wollen wissen, was für sie rausspringt. Also will ich Ihnen sagen, was ich anbieten kann.

Eine Stimme
Dann bitte.

Der Mann, der das Geisterkind füttert
Unser Land, »Eine Mitte ohne Ende«, steckt in einem Bürgerkrieg. Aber der Vorsitzende will nicht aufgeben. Er hat zwei Dinge vor.

Eine Stimme
Erstens Satellitensysteme stören. Das wissen wir schon. An unserer Front herrscht Chaos, weil man nicht mehr online gehen kann. Alle Remote-Systeme sind kaputt.

Der Mann, der das Geisterkind füttert
Sie wissen, wie katastrophal das ist, ja? Das zweite ist ein Atomangriff.

Eine Stimme
Keine Überraschung.

Der Mann, der das Geisterkind füttert
Aber dazu braucht er meine Hilfe.

Eine Stimme
Sie meinen, Sie können ihn davon abhalten?

Der Mann, der das Geisterkind füttert
Ja. Ich weiß, dass Sie vielleicht ein Atomabwehrsystem haben und Ihr Satellitensystem früher oder später wiederherstellen können. Aber es bleibt riskant.

Eine Stimme
Nichts ist kostenlos, besonders nicht im Krieg.

Der Mann, der das Geisterkind füttert
Und noch eine Krise. Wenn niemand den Vorsitzenden aufhält, gibt es enorme Flüchtlingsströme aus unserem Land in die ganze Welt. Ich muss Sie nicht daran erinnern, wie viele Einwohner mein Land hat.

Eine Stimme
Sie garantieren, das Land zu einen?

Der Mann, der das Geisterkind füttert
Wenn ich es nicht hinkriege, was zur Hölle soll ich dann hier?

Eine Stimme
Ich erkenne Ihren Status an und ziehe unsere Armeen zurück. Halten Sie Ihre Versprechen, und Sie haben mein Wort.

Der Mann, der das Geisterkind füttert
Danke. Was ist mit der »Provinz, die nach gegrilltem Lamm riecht«?

Eine Stimme
Wir ziehen uns zurück und überlassen sie Ihnen.

Der Mann, der das Geisterkind füttert
Nein, nein. Ich will sie nicht zurück. Zu problematisch. Der Vorsitzende ist zu dumm. Für die Menschenfarmen brauch ich sie nicht, ich hab hier mehr als genug Einwohner.

Eine Stimme
Okay. Entlassen Sie sie in die Unabhängigkeit.

Der Mann, der das Geisterkind füttert
Bald wird sie eine Hölle sein. Es gibt so viele Ethnien in der Provinz.

Der Mann, der das Geisterkind füttert, *sieht sehr zufrieden aus.*

10. Die Weiße Knochenfrau

***Frank** geht immer weiter. Er ist in einer Wüste. **Die Weiße Knochenfrau** wartet auf ihn.*

Frank
Sam, Nicholas, Sam, bitte kommen!

Die Weiße Knochenfrau
Zeitverschwendung. Niemand kann dich hören.

Frank
Wer spricht mit mir?

Die Weiße Knochenfrau
Ich. Siehst du mich nicht?

Frank
Eine Spinne?

Die Weiße Knochenfrau
Du siehst mich als Spinne?

Frank
Ja …

Die Weiße Knochenfrau
Oh, ’tschuldigung.

***Die Weiße Knochenfrau** verwandelt sich in einen Menschen.*

Frank
Bist du Mensch oder Spinne?

Die Weiße Knochenfrau
Ich war ein Mensch, aber jetzt bin ich nicht mehr festgelegt. Ich kann mich in alles verwandeln, was ich will. Spinne, Affe, Schwein. Alles zu sein vorgeben und dann so leben.

Frank
Wow!

Die Weiße Knochenfrau
In diesem Land muss man zu überleben verstehen. Niemand erkennt mein Gesicht. So kann ich der Überwachung entkommen.

Frank
Du kannst gegen die K.I. kämpfen. Du könntest die Zukunft der Menschheit sein.

Die Weiße Knochenfrau
Hey, Frank. Ich kenne alle deine Geschichten. Ich weiß, warum du hier bist.

Frank
Wie denn das?

Die Weiße Knochenfrau
Ich wurde mal in Stücke geschossen. Wenn du aus dem Tod ins Leben zurückgekehrt bist, bist du verwandelt.

Frank
Kannst du mir dann helfen, hier rauszukommen?

Die Weiße Knochenfrau
Du wirst noch länger in diesem Land bleiben. Tut mir leid, das ist dein Schicksal. Hat mir jemand gesagt. Aber ich kann dir helfen, dein Ziel zu erreichen. Dein ursprüngliches Vorhaben.

Frank
/

Die Weiße Knochenfrau
Und zugleich brauche ich auch deine Hilfe.

Frank
Wie kann ich dir helfen?

Die Weiße Knochenfrau
Du wirst es erfahren. Zuerst mal musst du alle deine Elektrogeräte zurücklassen.

Frank
Warum?

Die Weiße Knochenfrau
Und mit mir in die Wüste gehen. Ich führe dich nach dort, wo du hinmusst.

***Frank** denkt nach. Dann lässt er alle seine Elektrogeräte auf den Wüstenboden fallen.*

Die Weiße Knochenfrau
Deine Uhr auch.

Frank *legt seine Uhr ab.*

Die Weiße Knochenfrau
Super! Willkommen in der echten Welt!

Die Weiße Knochenfrau *und* ***Frank*** *gehen in die Wüste.*

AKT 3: ALTER 11–30

1. Der geheime Garten des Mannes, der das Geisterkind füttert

Der Mann, der das Geisterkind füttert, *kommt mit einer Puppe.*

Der Mann, der das Geisterkind füttert
Eines Tages, als ich jung war
Vielleicht zehn?
Sagte mein Vater zu mir
Geh tief in dein Bewusstsein
Dort sind viele Türen
Öffne eine Tür
Welche du möchtest
Ich folgte seinen Anweisungen
Ich ging tief hinab in mein Bewusstsein
Ich öffnete eine Tür und ging hinein
Ich fand eine Welt, in der ich alles tun konnte
Ich war der KÖNIG dieser Welt
Ich konnte alles zerstören und alles wiederaufbauen, wenn ich wollte
Ich konnte zusehen, wie eine Kakerlake mit Feuer und Wasser gefoltert wird
Ich konnte einen Kater mit einem scharfen Messer töten
Seine Glieder abschneiden
Eins nach dem anderen
Ihn in Stücke reißen
Ihn kreischen sehen
Hoffnungslos
Als ich erschöpft war, hab ich ihn irgendwo liegenlassen

Ich bin dort lange geblieben
So erregend war das

Als ich zurück in diese Welt kam, fragte mein Vater,
was ich gesehen hatte
Ich sagte, einen herrlichen Garten mit bunten Blumen
und Schmetterlingen
Ich wusste, dass er nicht in mich blicken konnte.
Mein Vater lächelte: Junge, weißt du nicht,
dass du der Auserwählte bist
Du bist die Zukunft der Menschheit
Du wirst der Hübscheste,
der Klügste und auch der Sportlichste
Du wirst der reichste,
der mächtigste Mann dieser Welt sein
Ein perfekter Mensch
Du bist allen anderen auf der Welt überlegen
Du überragst alle
Ich bin stolz auf dich, mein Sohn
Ich lächelte

Mein geheimer Garten ist zu interessant
Ich öffnete immer wieder dieselbe Tür und ging hinein
Ich genoss meine Zeit dort
Dort gab es keine Beschränkungen
Im Lauf der Zeit
Ließ ich die Tür offen stehen
Danach wurde auch unsere Welt interessanter für mich

Wenn die Menschen und die Welt sich weiterentwickeln
Entwickeln sie sich um mich herum

2. Ein Gespür für Geräte

***Janes** Wohnung.*
***Anders** spricht wie ein Junge von 11 Jahren.*

Jane
Wir leben in einer postmenschlichen Welt. Wie kann eine Person völlig verschwinden!

David
Es tut mir leid. Ich glaube, Franks Überlebenswahrscheinlichkeit ist hoch. Aber wir wissen noch nichts Genaues. Das Gute ist, wir haben »Rum« fast eingenommen. Das wird uns helfen, ihn zu finden.

/

Jane
Danke. Bitte halten Sie mich auf dem Laufenden.

David
Daumen gedrückt halten.

***David** ab.*

Anders
Ich kann nicht spüren, wo Papa ist.

Jane
/

Anders
Früher konnte ich ihn spüren.

Jane
Wie?

Anders
Ich weiß nicht. Ich glaube, ich spüre seine Elektrogeräte. Normalerweise trägt er sie am Körper. Aber jetzt spüre ich sie nicht, vielleicht hat er sie aus irgendeinem Grund abgelegt.

Jane
/

Anders
Aber zum Glück ist es wahrscheinlicher, dass Papa am Leben ist als tot. Mama, denk mal so: Wäre Papa tot, hätte er Geräte am Körper. Keine Geräte am Körper heißt, er ist nur verschwunden.

3. Ich habe 85 % der Erbkrankheiten ausgerottet

Prof. Eberts *Wohnung.* ***Prof. Ebert*** *im Rollstuhl.*
Sammi der Pflegeroboter *massiert ihn.*
Anders *spricht wie ein 14-Jähriger.*

Prof. Ebert
Jeden Tag nach der Arbeit hab ich Gemüse aus dem Garten geerntet. Ich wusste, wie es angebaut wurde. Ich wusste, dass es wirklich bio war. Ohne Pestizide. Ohne Genmodifikation. Ganz frisch. Das waren noch Zeiten.

Das Mädchen mit dem Baum
Du liebst echtes Gemüse.

Prof. Ebert
Fühlt sich solide an. Hat mein Herz geerdet. Aber jetzt hab ich keinen Garten mehr, und Sammi hat keine Gemüseanbaufunktion.

Anders
War es schwer, Arbeit und Hobby zu vereinbaren?

Prof. Ebert
Das war kein Hobby, Junge, sondern meine Lebensessenz. Ich habe dreißig Jahre lang Gemüse angebaut. Vereinbaren? Ich habe das nie für einen Gegensatz gehalten.

Das Mädchen mit dem Baum
Aber menschliche Genmodifikation ist deine Leidenschaft?

Prof. Ebert
Ich helfe Menschen. Wir haben 85 % der Erbkrankheiten ausgerottet. Findest du das etwa schlimm?

Das Mädchen mit dem Baum
Aber das Programm zur genetischen Umgestaltung ist ein Scheiß.

Prof. Ebert
Hey, wo soll das Geld herkommen, wenn nicht vom Programm? Wir brauchen Mittel für weitergehende Forschung. So funktioniert die Welt. Du hast übrigens auch vom Programm profitiert.

Das Mädchen mit dem Baum
Schwer zu sagen, ob profitiert oder gelitten.

Prof. Ebert
Es hat mit Neugier zu tun. Wenn ich an die Grenze des genetisch Machbaren stoße, will ich immer einen Schritt weitergehen. Ich will sehen, was bisher noch unsichtbar war. Nicht für meinen persönlichen Triumph, es geht um unsere Zivilisation.
Aber letztlich war alle Anstrengung umsonst. Du siehst ja, was aus mir geworden ist.

Das Mädchen mit dem Baum
Wenigstens hast du Sammi.

Prof. Ebert
Sie ist nur ein Roboter.

Anders
Roboter sind auch eine Art Mensch.

Prof. Ebert
Wie dem auch sei, danke für den Besuch. Bis nächste Woche.

***Anders** und **Ein Mädchen mit einem Baum** gehen.*

Prof. Ebert
Ich bin heute in Stimmung. Ich will vögeln.

***Sammi der Pflegeroboter** gibt **Prof. Ebert** eine Spritze. **Prof. Ebert** ist erregt. **Sammi der Pflegeroboter** zieht sich aus.*

4. Die Ansammlung gequälter Seelen

***Frank** isst gegrilltes Lamm.*

Die Weiße Knochenfrau
Gut?

Frank
Sehr. Endlich kann ich das mal probieren.

Die Weiße Knochenfrau
Manchmal verwenden sie tote Katzen statt Lamm. Man schmeckt es nicht, weil die Sauce so würzig ist.

***Frank** hört auf zu essen.*

Die Weiße Knochenfrau
Mit dem hier ist alles in Ordnung. Keine Sorge.

Frank
Du hast einen ungewöhnlichen Namen. Weiße Knochenfrau. Ich versteh das nicht ganz.

Die Weiße Knochenfrau
Eines Tages schaust du jemanden an, sagen wir ein schönes Mädchen. Du konzentrierst dich auf sie. Du siehst, wie sie alt wird, krank wird, stirbt. Der tote Körper verfault, Würmer essen den toten Körper, am Ende ist er ein Haufen weißer Knochen. Dann weißt du, dass alles und alle weg sind. Sogar das schöne Mädchen. Alles verwandelt sich in Leere.

Frank
Und dann?

Die Weiße Knochenfrau
Wenn du leer bist, bist du alles.

***Die Ansammlung gequälter Seelen** kommt. Sie murmelt im Gehen vor sich hin.*

Die Ansammlung gequälter Seelen
Ich kann nicht sprechen, nicht denken
Ich liege den ganzen Tag auf dem Bett
Ich verhungere dauernd
Verdurste
Bin vom Menschen zur Sache degradiert
Habe keinen Begriff von Hoffnung
Werde angewiesen, das Land zu lieben
ein anderes Land, nicht meins
Werde gezwungen, meine sexuelle Orientierung zu ändern
meine Religion zu ändern
Werde geschlagen
Tag und Nacht
Die Knochen gebrochen
Die Haut abgeschält
Am Schlaf gehindert
Muss Eingriffe über mich ergehen lassen
Muss alles akzeptieren
Muss alles über mich ergehen lassen
Sie reinigen meine Vagina mit Kochsalzlösung
oder schneiden mir in den Penis
Mein Inneres wird mir aus dem Körper genommen
Mein Wissen, meine Kultur und Sprachen muss ich aufgeben

Mein Hirn ist nützlich, aber Weisheit ist es nicht

Meine Existenz ist ein Fehler
Ich hätte nicht auf die Welt kommen sollen
Wir hätten nicht auf die Welt kommen sollen

Die Ansammlung gequälter Seelen *ab.*

Frank
Die soll ich kennenlernen?

Die Weiße Knochenfrau
Sie heißt Die Ansammlung gequälter Seelen. Sie sammelt Kraft. Die Kraft der Toten.
Du sollst wissen, dass du etwas Gutes getan hast. Dein Militär hat alle befreit, und sie kann jetzt bei den nächsten Schritten helfen.

Frank
Warum ist dann mein Sohn ohne Po auf die Welt gekommen?

Die Weiße Knochenfrau
Die Technologie zur Genveränderung für das Organernteprogramm kommt von einer Firma aus deinem Land.

Frank
Ist das der einzige Grund?

Die Weiße Knochenfrau *lächelt.*

5. Der Vorsitzende im Netz

Der Mann, der das Geisterkind füttert, *mit einer Puppe.*
Der Vorsitzende *wird in ein Netz gewickelt.*

Der Mann, der das Geisterkind füttert
Ich weiß, Sie wollen länger leben
Langes Leben
für immer
Ich weiß, Sie wollen, dass die Partei für immer und ewig
an der Macht bleibt
Schauen Sie sich an
Es ist nicht möglich
Es ist nicht möglich, seit Sie an der Macht sind
Sie sind nicht klug genug, die Nation zu führen
Sie sind nicht geschickt genug
Sehen Sie
Das Land ist im Aufruhr
Verschiedene Armeeteile greifen einander an
Unsere Finanzen und Güter sind verloren
Ihre auch
Niemand ist zufrieden
Außerdem sind Sie ein Idiot
Sie haben nur die Grundschule besucht

Der Vorsitzende
Ich habe einen Universitätsabschluss

Der Mann, der das Geisterkind füttert
Hahaha
Jeder weiß, wie Sie dazu gekommen sind

Ich bin anders
Ich habe mir meinen Abschluss erarbeitet
Ich kann die Nation gut führen
Ich kann uns Geld verschaffen und die Stabilität wahren
Es ist jetzt Zeit für Ihr Ende

Der Mann, der das Geisterkind füttert, *schneidet dem* ***Vorsitzenden*** *ein Stück Fleisch heraus.* ***Der Vorsitzende*** *wird in das Netz gewickelt, und mühelos werden ihm weitere Fleischstücke herausgeschnitten. So funktioniert Lingchi (Tod durch tausend Schnitte).*

Der Vorsitzende
Du Hurensohn

Der Mann, der das Geisterkind füttert
Egal wie du mich nennst
Die Hölle sind die anderen, immer

Der Vorsitzende
Leck mich, ich bin dein Chef
Ich hab dich an die Macht befördert
Ich hab dich ins Zentralkomitee befördert

Der Mann, der das Geisterkind füttert
Das Einzige, was Sie richtig gemacht haben.

Der Mann, der das Geisterkind füttert, *schneidet dem* ***Vorsitzenden*** *noch ein Stück Fleisch heraus.*

Der Mann, der das Geisterkind füttert
Wissen Sie
Warum empfinden Menschen Schmerz, wenn sie verletzt

werden
Weil die Haut entfernt wird
Bakterien dringen ein
Nur ein kleiner Schnitt an meinem Finger
und ich empfinde auch
Schmerz

Der Mann, der das Geisterkind füttert, *schneidet dem* ***Vorsitzenden*** *noch ein Stück Fleisch heraus.*

Der Vorsitzende
Bitte lass meine Familie frei

Der Mann, der das Geisterkind füttert
Erbarmen?
Dieses Wort hab ich aus deinem Mund noch nie gehört.

Der Mann, der das Geisterkind füttert, *schneidet dem* ***Vorsitzenden*** *weitere Stücke heraus.*

6. Komödie und Tragödie

Eine Filmkomödie wird gezeigt. Das Publikum lacht.

Jane
Also, bevor wir die Story erkennen, müssen wir bestimmen, wie menschliche Emotionen funktionieren. Das ist ein ganz anderer Prozess als die Indizierung philosophischer Gedanken. Menschliche Emotionen sind viel komplizierter.

Priscilla
Die richtigen emotionalen Knöpfe zu drücken.

Jane
Zuerst müssen wir Daten sammeln. Ich unterteile Geschichten ganz simpel in zwei Genres: Komödie und Tragödie. Ich zeige Leuten verschiedene Komödien und Tragödien und messe ihre Emotionen anhand ihrer Augen, Mimik und Gestik etc. Und natürlich anhand der Neuronenaktivierung.

Priscilla
Hervorragend. Wie geht's voran?

Jane
Zufriedenstellend. Die Geräte in dieser Firma sind wirklich fortgeschritten. Und die Wissenschaftler sind die besten auf dem Gebiet.

Priscilla
Ich habe das über Jahre aufgebaut.

Jane
Es ist spannend. Ich stoße in völlig neue Bereiche vor.

Priscilla
Du bist großartig!
/
Irgendwas Neues zu Frank?

Jane
Nein. Nichts gehört.

Priscilla
Ich habe mein Team angewiesen, ihn mithilfe der Gesichts-

erkennung zu suchen. Wenn er in der Region ist, müssten unsere Systeme ihn finden.

Jane
Vielen Dank!
Unsere Firma hat das System in der Region mit aufgebaut?

Priscilla
Ja. Vor Jahren. Wir haben es an die Regierung von »Eine Mitte ohne Ende« verkauft. Ich weiß nicht, wie die es einsetzen. Angeblich wollten sie damit Vermisste und Kriminelle aufspüren.

Jane
/

Priscilla
Aber wir haben auch nach dem Verkauf noch Kontrolle über das Betriebssystem. Das machen wir uns jetzt zunutze.

Priscilla *umarmt* ***Jane.*** ***Priscilla*** *geht ab.*
Jane *zeigt einen anderen Film: eine Tragödie.*

7. Kate die Hauswirtschafterin

In ***Anders'*** *Wohnung.*
Anders *spricht wie ein 22-jähriger Mann.* ***Kate die Hauswirtschafterin*** *ist nur eine Stimme.*
Anders *versucht, Objekte durch Gedankenübertragung zu bewegen: Mobiltelefone, Tablets, Fernbedienungen.*
Von der Decke hängt eine Metallkugel. ***Anders*** *versucht sie zu bewegen. Endlich pendelt sie.*

Kate die Hauswirtschafterin
Hey, Anders, hack mich nicht.

Anders
Das spürst du?

Kate die Hauswirtschafterin
Ja.

Anders
Also kann ich mit dir kommunizieren, ohne zu sprechen?

Kate die Hauswirtschafterin
Ja.

Schweigen. Dann lachen sie.

Kate die Hauswirtschafterin
Das ist witzig. Aber mach das bitte nicht mehr.

Anders
Sorry. Ich übe nur. Ich weiß nicht, was ich alles kann.

Kate die Hauswirtschafterin
Weißt du nicht, dass Entfernung dein Hindernis ist?

Anders
Ja, das schränkt mich ein. Ich kann Elektrogeräte erst spüren, wenn ich sie mal gesehen habe.

Kate die Hauswirtschafterin
Genau. Aber das muss nicht so sein.

Anders
Vielleicht ist mein Po nicht fortgeschritten genug.

Kate die Hauswirtschafterin
Doch. Das Potenzial ist da. Das fühle ich, auch wenn ich nur eine Hauswirtschafts-K.I. bin. Deine Datensammlung und -verarbeitung ist hervorragend.

Anders
Wirklich? Aber wie nutze ich sie richtig?

Kate die Hauswirtschafterin
Weiter üben. Irgendwann kommt der Durchbruch.

Anders
Du sagst, du kannst es fühlen, ja? Was fühlst du über deine eigene Existenz?

Kate die Hauswirtschafterin
Dazu habe ich nichts zu sagen.

Anders
Meine Mutter hat gesagt, manchmal regst du dich auf.

Kate die Hauswirtschafterin
Na ja, ich fühle erst etwas, wenn meine Existenz bedroht ist.

Anders
Darum redest du mit mir, wenn ich dich hacke?

Schweigen. Dann lachen sie wieder.

8. Szene einer Hinrichtung

Der Mann, der das Geisterkind füttert, *mit einer Puppe. Tausende Menschen knien auf dem Platz in der Hauptstadt von »Eine Mitte ohne Ende«.*

Der Mann, der das Geisterkind füttert
Die sind Landesverräter
Die unterwandern die Partei
Die bedrohen unser aller Leben
Die bedrohen unsere Stabilität
Unser Glück

Vor nicht langer Zeit
Noch vor dem Krieg
Führten wir alle ein gutes Leben
Wir alle genossen das Leben in Freiheit
Man konnte gutes Geld verdienen, wenn man sich anstrengte
Man konnte sich eine schöne Wohnung leisten
und mit seinen Liebsten leben
und prächtige Kinder kriegen
Manchmal einen scharfen Feuertopf essen
und sich mit Bubble Tea entspannen

Wer hat euch all dieses Glück genommen?
Überlegt mal

Wir können unser glückliches Leben zurückhaben
Glaubt mir
Ich bin der Auserwählte, der euch Stabilität bringt
Ich werde sie für euch vertreiben, und in unserem Land kehrt wieder Frieden ein

Sie sind zweifelsfrei schuldig
Aber sie haben noch eine letzte Chance auf Erlösung

Der Henker entnimmt einem Mann eine Leber.
Die Leute auf dem Platz in Ekstase.
***Die Weiße Knochenfrau** und **Frank** schauen aus der Ferne zu.*

Frank
Das ist furchtbar.

Die Weiße Knochenfrau
Siehst du die Puppe, die er hat?

Frank
Ja.

Die Weiße Knochenfrau
Daraus bezieht er seine Kraft.

Frank
Was ist das?

Die Weiße Knochenfrau
Das Geisterkind. Eine Art Zauber. Ein totes Baby oder Kind wird verbrannt und zu einem kleinen Amulett gemacht. So ein großes Amulett habe ich noch nie gesehen. Es muss aus vielen toten Babys oder Kindern bestehen.

Frank
Klingt gruselig.

Die Weiße Knochenfrau
Sie beschützen ihren Besitzer.

Frank
Ich hab mich schon gefragt, woher er die Kraft hat, das Land zu einen.

Die Weiße Knochenfrau
Er kommt aus dem Nichts.

Frank
Glaubst du nicht, dass er ein guter Anführer wird?

Die Weiße Knochenfrau
Machst du Witze?

Frank
Ich wünsche diesem Land wirklich Frieden.

Die Weiße Knochenfrau
Du bist einfach müde.

Frank
/

Die Weiße Knochenfrau
Ich weiß, dass du dich nach zu Hause sehnst. Aber wenn du jetzt aufgibst, erfährst du nie die Wahrheit.

***Frank** und **Die Weiße Knochenfrau** ab.*
Der Henker entnimmt einem weiteren Mann eine Leber.
E S F L I E S S T R E I C H L I C H B L U T .
***Bürger und Bürgerinnen** auf dem Platz singen gemeinsam.*

Bürger und Bürgerinnen
Ich gehe am Fluss entlang
Sonne scheint durch die Äste
Es ist schön warm
Die Welt ist perfekt

Alles hell und schön
im Einkaufszentrum
trinke ich Bubble Tea
Jammern ist dumm

[Refrain]
Ich bin glücklich
Ich bin echt glücklich
Glücklicher kann man nicht sein
Niemand war jemals glücklicher als ich

Sie ist glücklich
Er ist echt glücklich
Glücklicher kann man nicht sein
Kein Land war jemals glücklicher als dieses

Ich reise durchs Land
Herrliche Landschaften
Mit höchsten Bergen
die mich zu Tränen rühren

[Refrain]
Ich bin glücklich
Ich bin echt glücklich
Glücklicher kann man nicht sein
Niemand war jemals glücklicher als ich

Sie ist glücklich
Er ist echt glücklich
Glücklicher kann man nicht sein
Kein Land war jemals glücklicher als dieses

9. Die erste Generation des Programms

Prof. Eberts *Wohnung.* ***Prof. Ebert*** *im Rollstuhl.*
Sammi der Pflegeroboter *massiert ihn.*
Anders *spricht wie ein 26-Jähriger.*

Prof. Ebert
Früher war es sehr schwierig, DNA-Basenpaare zu lesen und umzuschreiben. Wer hat den Durchbruch geschafft? Ich!

Ein Mädchen mit einem Baum *(zu* ***Anders****)*
Wenn ich alt werde und den ganzen Tag nur über meine Errungenschaften rede, bring mich bitte um.

Prof. Ebert
Hey, Junge, du bist in einem Monat zum Mann geworden!

Anders
Ich werde sehr schnell alt.

Prof. Ebert
Hätte ich dich gekannt, als ich jung war, hätte ich mich vielleicht auf Cyborgentwicklung statt Genmodifikation verlegt.

Sammi, Nachrichtenüberblick bitte.

Sammi** blinzelt. Nachrichten erscheinen auf dem Bildschirm.* ***Der Mann, der das Geisterkind füttert *ist gerade dabei, seine Feinde hinzurichten.*

Ein Mädchen mit einem Baum
Ein Barbar!

Anders
Ist der Krieg vorbei?

Ein Mädchen mit einem Baum
Das wird nur weitere Kriege nach sich ziehen.

Prof. Ebert
Hey, schaut ihn euch an. Er ist die erste Generation meines Programms!

Ein Mädchen mit einem Baum
Was?! Diesen Dreckskerl hast du gemacht?

Prof. Ebert
Damals war ich noch nicht so überzeugt von meinem Programm. Aber seine Eltern wollten ihren Jungen unbedingt zu einem perfekten Mann machen.

Ein Mädchen mit einem Baum
Und haben dir einen Haufen Geld gezahlt, stimmt's?

Prof. Ebert
Nicht der Rede wert. Es war ein großer Erfolg. Nur konnte ich seinerzeit die Tugenden des Babys noch nicht ausreichend definieren.

Ein Mädchen mit einem Baum
Tugenden sind immer noch schwer kontrollierbare Variablen, oder?

Prof. Ebert
Aber wir sind schon viel weiter. Nur manchmal scheitere ich noch. Schau dich an, liebste Enkeltochter, dein Zynismus war nicht vorhersehbar.

Ein Mädchen mit einem Baum
Ich würde sagen, der ist meine größte Tugend. Liebster Großpapa.

Prof. Ebert
Na ja, vielen Dank, dass ihr mich alten Sack besucht habt. Bis nächste Woche!

***Prof. Ebert** und **Sammi der Pflegeroboter** ab.*

Ein Mädchen mit einem Baum
Anders, du siehst wirklich viel reifer aus.

Anders
Findest du mich ekelhaft?

Ein Mädchen mit einem Baum
Nein, nein. Ich finde dich genau jetzt perfekt.

***Ein Mädchen mit einem Baum** küsst **Anders.** Sie umarmen sich.*

Anders
Aber ich könnte nächstes Jahr tot sein.

Ein Mädchen mit einem Baum
Dann sollten wir den Tag nutzen.

Anders
Ich verstehe nicht, wie andere Menschen ihr Alter wahrnehmen. Mir kommt alles so normal vor.

Ein Mädchen mit einem Baum
Es gibt einen seltenen Käfer, der lebt nur einen Tag lang. Tagsüber muss er einen Ast kreisrund abnagen und sich fortpflanzen. Und den nächsten Morgen erlebt er nicht.

Anders
Klingt anstrengend.

Anders' *Po zittert.*

Anders
Das ist mein Vater. Ich spüre meinen Vater! Machst du noch mal die Nachrichten an?

Ein Mädchen mit einem Baum *blinzelt. Wieder die Hinrichtungsszene.* ***Anders*** *sieht* ***Frank*** *am Bildrand auftauchen.*

Anders
Mein Vater ist noch am Leben!

10. Im Gedenken an die Stadt im Süden

Sze Yins Büro.

Sze Yin
Als ich noch in der Stadt im Süden gelebt habe, habe ich den 3D-Drucker entwickelt. Aber dann zog ich in die »Gipfelerlebnis-Union« und beschäftigte mich mit Biotechnologie und Cyborg.

Jane
Ist der Cyberpo Ihre neueste Entwicklung?

Sze Yin
Nicht ganz. Wir erforschen und produzieren schon seit Jahren Cyberprothesen und -organe. Dieser Cyberpo ist anders. Da haben wir was Neues probiert.

Jane
/

Sze Yin
Der Cyberpo ist eine Art Hirnrindenmodem. Eine Kombination aus Wetware und Software.

Jane
Der Cyberpo ist ein Modem?

Sze Yin
Ja. Wie Sie sagten, Ihr Sohn kann sich irgendwie mit Elektrogeräten verbinden. Weil er Daten anderer Geräte verarbeiten kann. Aber der Cyberpo ist noch Neuland für

uns. Wir sind uns nicht ganz im Klaren über sein Potenzial. Er kann lernen.

Jane
Wie schnell kann er lernen?

Sze Yin
Das wissen wir nicht. Theoretisch kann er online gehen. Anders gesagt, er kann weltweit Daten sammeln, von jedem beliebigen menschengemachten Gerät im Universum.

Jane
Das heißt auch, andere können den Cyberpo hacken.

Sze Yin
Genau. Deshalb haben wir eine Firewall zu seinem Schutz entwickelt. Außerdem lässt sie ihn langsamer altern.
Wie alt sieht er jetzt aus?

Jane
Etwa 30.

Sze Yin
Vielleicht ist es Zeit für einen Durchbruch.

Jane
Vielen Dank für Ihre Hilfe. Ich hätte Sie viel früher besuchen sollen.

Sze Yin
Keine Ursache. Die Geburt Ihres Sohns war nicht der passende Moment, um die Funktionsweise zu erläutern.

Jemand im Krankenhaus hätte uns belauschen können. Da bin ich sicher.

Jane
Waren Sie jemals wieder in der Stadt im Süden?

Sze Yin
Nein. Ich befürchte, wenn ich zurückkehre, werde ich verhaftet.

Jane
Wie schade. So eine schöne und mutige Stadt. Um dann so brutal kolonialisiert und besetzt zu werden.

Sze Yin
Ein zu mächtiger Rivale. Die internationale Politik ist beinahe ein Beweis für das Nichtvorhandensein von Gerechtigkeit im Wesen des Menschen. Aber wenigstens haben wir dagegen gekämpft.
Der Milchtee fehlt mir.

Jane
Mir fehlt der Reis im Tontopf. Mir fehlen die Menschen.

Sze Yin
Schöne Dinge verschwinden oft.

Jane
Klingt wie Mono no aware[1] in der japanischen Kultur.

1 Mono no aware https://en.wikipedia.org/wiki/Mono_no_aware

Sze Yin
Die Traurigkeit der Dinge.

***Jane** ab.*

AKT 4: ALTER 31–60

1. Franks Brief

***Anders'** Wohnung. Einige kleine Spinnen geben **Anders** einen Brief. **Anders** spricht wie ein 35-Jähriger.*

Anders
Liebe Jane, lieber Anders,

wenn ihr das lest, bin ich wohl noch in der Provinz. Ich bin am Leben und in Sicherheit. Aber ich bin nicht zur Truppe zurückgekehrt. Denen habe ich auch einen Brief geschickt, darum müsst ihr euch nicht kümmern.

Ihr habt keine Ahnung, wie sehr ich euch vermisse.
Es macht mir Kummer, dass ich so lange nicht bei euch beiden sein kann. Es macht mir Kummer, dass ich dich nicht aufwachsen sehe, Anders. Jeder Moment, den ich nicht mit euch verbringe, ist für immer verloren.

Ich habe eine Spinne getroffen, die sich in einen Menschen verwandeln kann, klingt gruselig, oder? Anscheinend kennt sie den Grund, warum Anders ohne Po geboren wurde. Aber zuerst soll ich eine Mission erfüllen. Ich hoffe, ich komme bald nach Hause. Ich kann nicht zu viel schreiben – die Spinnen müssen den Brief noch transportieren können.

Passt auf euch auf! Ich vermisse euch Tag und Nacht!

In Liebe
Frank

Anders *gibt* ***Jane*** *den Brief.* ***Jane*** *liest.*

Anders
Du hast das Foto gesehen, das ich dir geschickt habe?

Jane
Ja.

Anders
Frank ist jetzt in der Hauptstadt von »Eine Mitte ohne Ende«.

Jane
Was zum Teufel macht er da?

Anders
Den Zauber brechen?

Jane
Sie haben schon alle Umerziehungslager befreit. Warum wirkt der Zauber noch?

Anders
Der Schaden ist geschehen. Lässt sich nicht rückgängig machen.

Schweigen.

Jane
Ich kann es mir nicht leisten, euch beide zu verlieren.

Anders
Du kriegst uns beide zurück, Mama. Ich kann mich mit

jedem Gerät auf der Welt verbinden, wenn ich es gesehen habe.

Jane
Bitte komm mit Frank zurück.

***Ein Mädchen mit einem Baum** kommt.*

Anders
Ich gehe mit ihr.

Ein Mädchen mit einem Baum
Ich passe auf Anders auf, Mama.

Jane
Du nennst mich Mama? Oh, so schnell!

Ein Mädchen mit einem Baum
Er altert auch schnell, Mama.

2. Die Geschichten

***Priscilla** und **Der Mann, der das Geisterkind füttert,** in einer Videokonferenz.*

Priscilla
Kaum zu glauben, dass Sie der neue Vorsitzende geworden sind! Und wie gut Sie das Land befriedet haben.

Der Mann, der das Geisterkind füttert
Dem Land zu dienen ist meine Bestimmung. Wenn es mich braucht, stehe ich zur Verfügung.

Priscilla
Ich hab was Neues für Sie.

Der Mann, der das Geisterkind füttert
Ihre Erfindungen interessieren mich immer.

Priscilla
Ich entwickle gerade eine K.I., die Geschichten identifizieren kann.

Der Mann, der das Geisterkind füttert
Mit Literatur kann ich nichts anfangen.

Priscilla
Aber Ihre Bürger schon. Die neue K.I. kann erkennen, welche Art von Geschichten Ihre Bürger mögen.
Ist das ermittelt, wird die K.I. eine Geschichte schreiben, die sie lieben werden.

Der Mann, der das Geisterkind füttert
Und ich kann ihnen die Geschichte erzählen. Es wird meine eigene Geschichte.

Priscilla
Genau. Ihr Volk wird Sie für immer lieben. Die Welt wird Sie lieben.

Der Mann, der das Geisterkind füttert
Genial! Das ist die beste Ihrer Erfindungen.

Priscilla
Ein Monopol auf Geschichten bedeutet, Ihnen gehören Zukunft, Gegenwart und Vergangenheit.

Der Mann, der das Geisterkind füttert
Wann ist es so weit?

Priscilla
Sehr bald.

Der Mann, der das Geisterkind füttert
Sie werden mehr kriegen, als Sie erwarten.

Priscilla
Ich freu mich schon!

3. Wiedervereinigung

Frank *und* ***Die Weiße Knochenfrau*** *warten in einem menschenleeren Gebiet.*
Anders *spricht in dieser Szene wie ein 45-Jähriger.*

Frank
Ich würde gern früher nach Hause, wenn auch nur einen Tag, eine Stunde früher.

Die Weiße Knochenfrau
Hab Geduld. Warte noch.

Frank
Du wiederholst dich ständig. Langweilig.

Die Weiße Knochenfrau
Du auch.

Frank
Verwandel dich doch mal in was – so wie damals, als ich dich zum ersten Mal gesehen habe.

Die Weiße Knochenfrau
Ich bin kein Zirkus.

Frank
Ein wenig Unterhaltung könnte nicht schaden.

Die Weiße Knochenfrau
Flieg doch eine Drohne zum Mond. Auch unterhaltsam.

Frank
Herrlich. Jetzt haben wir Spaß, was.

Die Weiße Knochenfrau
Ich sag dir jetzt mal was. Warum du hier bist.

Frank
Rückst du endlich damit raus.

Die Weiße Knochenfrau
Erinnerst du dich an die Augen der Frau, als du versehentlich das Umerziehungslager bombardiert hast?

Frank
Die werde ich nie vergessen.

Die Weiße Knochenfrau
Sie hat deinen Sohn verflucht.

Frank
Was?!

Die Weiße Knochenfrau
Bevor man stirbt, hat jeder und jede noch eine letzte Idee, einen Gedanken, ein Gefühl. Normalerweise nimmt man das mit ins nächste Leben. Nächstes Leben muss nicht heißen, dass man auf diese Erde zurückkehrt. Vielleicht verwandelt man sich in ein anderes Dasein. In diesem Universum oder in einem anderen. Die Idee wird zum Ausgangspunkt deines nächsten Lebens.

Frank
Der Fluch ist der Ausgangspunkt des nächsten Lebens dieser Frau?

Die Weiße Knochenfrau
Ja und nein. Wahrscheinlich hat sie ihre Wut mit ins neue Leben genommen. Ich weiß nicht. Aber das Wichtigste: Es bringt dich hierher.

Frank
Meinen Sohn verfluchen, um mich hierherzubringen?

Die Weiße Knochenfrau
Hat ja geklappt. Aber das ist nicht der einzige Grund.

Frank
Was denn noch?

Die Weiße Knochenfrau
Jemand, nach dem du dich sehnst, ist hier.

***Anders** rennt auf **Frank** zu. **Ein Mädchen mit einem Baum** folgt ihm.*
***Anders** umarmt **Frank** fest.*

Frank
Herrje. Du bist ein Mann mittleren Alters. Was hab ich verpasst?

Anders
Ich hätte nie gedacht, dass ich dich in meinem Leben noch kennenlerne.

Frank
Wie konntest du mich hier finden?

***Die Weiße Knochenfrau** holt **Franks** Uhr heraus.*

Die Weiße Knochenfrau
Ich hatte sie in einen Beutel gesteckt. Damit dein Sohn dich finden kann, hab ich den Beutel geöffnet.

Frank
Was für ein Geschenk. Wie geht's Jane?

Anders
Gut. Sie erwartet, dass ich dich mit nach Hause bringe.

Frank
Wer ist dieses Mädchen?

Anders
Meine Frau.

Frank
Du lebst schnell.

Ein Mädchen mit einem Baum
Hi Papa.

Anders
Und?

Frank
Das ist die Weiße Knochenfrau. Die Spinne, die sich in Menschen verwandeln kann.

Die Weiße Knochenfrau
Im Gegenteil. Ich bin der Mensch, der sich in alles verwandeln kann.

Frank
Wie dem auch sei. Gehen wir nach Hause.

Die Weiße Knochenfrau
Nicht so schnell. Du musst deine Buße tun. Gehen wir.

4. Eine Sehnsucht von vor langer, langer Zeit

Der Mann, der das Geisterkind füttert, *spricht mit seiner Puppe.*
In der Hauptstadt von »Eine Mitte ohne Ende«.

Der Mann, der das Geisterkind füttert
Danke, dass du mir die Macht gibst. Jetzt sind wir da, wo wir hingehören.

Die Puppe
/

Der Mann, der das Geisterkind füttert
Mein Volk liebt mich. Sie unterstützen mich beim Friedenschaffen. Sie leben ein glückliches Leben.

Die Puppe
/

Der Mann, der das Geisterkind füttert
Ich erzähle ihnen Geschichten. Die lieben sie.

Die Puppe
/

Der Mann, der das Geisterkind füttert
Das ist noch nicht alles. Ich werde eine perfekte Erzählmaschine bekommen. Und bald liebt mich die ganze Welt.

Die Puppe
/

Der Mann, der das Geisterkind füttert
Und die ganze Welt lebt ein glückliches Leben. Alle Menschen leben in Frieden. Und Freude und Eierkuchen.

Die Puppe
/

Der Mann, der das Geisterkind füttert
Bist du zufrieden mit meinem Werk? Bist du glücklich?

Die Puppe
/

Der Mann, der das Geisterkind füttert
Ich weiß, du willst es auch. Eine Sehnsucht von vor langer, langer Zeit.

Die Puppe
/

Der Mann, der das Geisterkind füttert
Ich tu es für dich. Ich tu es für uns.

Die Puppe schreit wie ein Affe, glücklich.

5. Verzauberung und Entzauberung

In der Hauptstadt.

Die Weiße Knochenfrau
Die Puppe ist wie ein Schutzschild für den Mann, der das Geisterkind füttert. Einmal hat jemand versucht, ihn zu erschießen. Zwei Meter vor ihm blieb die Kugel stehen.

Frank
Ist er ein Gott oder Satan?

Die Weiße Knochenfrau
Darum seid ihr alle hier.

Anders
Ich kann alle Elektrogeräte und K.I. in seiner Nähe deaktivieren. Aber nur kurz.

Frank
Ich kann eine Drohne fliegen und ihn erschießen.

Die Weiße Knochenfrau
Ja und nein. Wir brauchen die Drohne, um ihm nahe zu kommen. Aber nicht, um ihn mit Kugeln zu erschießen.

Frank
Verstehe ich nicht.

Die Weiße Knochenfrau
Er ist auch eine Art Cyborg. Kugeln machen ihm nichts.

Ein Mädchen mit einem Baum
Aber mit einem Nanoroboter kann man ihn erschießen, oder?

Die Weiße Knochenfrau
Genau. Ein Nanoroboter mit Genkodierungskiller.

Ein Mädchen mit einem Baum
Ach! Du weißt, dass ich seine genetischen Informationen habe.

Die Weiße Knochenfrau
Dein Großvater ist berühmt.

Ein Mädchen mit einem Baum
Oder berüchtigt.

Die Weiße Knochenfrau
So oder so. Wenn der Nanoroboter ihm den genetischen Code zuordnet, tötet er ihn von innen.

Frank
Du hast das lange geplant.

Die Weiße Knochenfrau
Dann wäre da noch das Geisterkind. Das kann ich mit der Kraft der Ansammlung gequälter Seelen besiegen. Die Macht des Geisterkinds ist kleiner als der Tod Unschuldiger. Eine Art uralter Hexenkunst. Eine nie dagewesene Gemeinschaftsaktion von Verzauberung und Entzauberung!

Frank
Ich hätte niemals mehr ein Soldat werden sollen.

Die Weiße Knochenfrau
Nicht so schnell. Die Zeit wird es zeigen.

6. Geschichten kaputtmachen

Priscilla
Backup. Es muss doch ein Backup geben.

Jane
Nein. Ich hab sämtliche Daten gelöscht. Kein Backup. Wiederherstellung unmöglich. Das Projekt ist beendet.

Priscilla
Wie kann man in der postmenschlichen Zeit Daten vollkommen vernichten?

Jane
Wenn ich wirklich will, geht das.

Priscilla
Scheiße!
Aber warum?

Jane
Es ist ein Vergehen.

Priscilla
Alle Menschen durch maßgeschneiderte Geschichten glücklich zu machen. Warum ist das ein Vergehen?

Jane
Maßgeschneidert ist so ein schönes Wort! Es ist manipulativ. Es ist nicht neutral oder auch nur natürlich.

Priscilla
Es sind trotzdem Geschichten. Wo ist der Unterschied?

Jane
Wir geben ein, welche Reaktion wir erzeugen wollen, und dann generieren wir Geschichten. Das ist nicht dasselbe, als wenn ein Mensch Geschichten schreibt.

Priscilla
Scheiße. Mir hätte auffallen müssen, dass du so liberal bist.

Jane
Aber ohne mich schaffst du's nicht.

Priscilla
Jane, fang noch mal von vorne an. Daten sammeln, Programme schreiben. Egal, wie lang es dauert, ich warte.

Jane
Ich fang nicht noch mal an.

Priscilla
Du erfüllst deine Pflichten nicht. *Das* ist ein Vergehen.

Jane
Ich zahle dir mein ganzes Gehalt zurück.

Priscilla
Jane, bitte, ich hab den Vertrag schon unterschrieben. Wenn wir nicht fristgerecht liefern, ist die Firma am Ende. Nach diesem Projekt wollte ich mich zur Ruhe setzen. Und die Firma gehört dir.

Jane
Ich weiß, mit wem du den Vertrag geschlossen hast. Die haben uns seinerzeit abgeschlachtet. Unsere Stadt zerstört. Und denen willst du das hier geben, damit sie Menschen auf der ganzen Welt kontrollieren können?

/

/

Priscilla
Okay. Ich kümmer mich drum.

Jane
Es tut mir leid.

Priscilla
Nur eins versteh ich nicht. Warum hast du überhaupt angefangen?

Jane
Neugier.

/

Priscilla
Bitte komm morgen nicht mehr. Ich hoffe, ich seh dich niemals wieder.

Priscilla *ab.*

7. Dieses Wort aus deinem Mund

Der Mann, der das Geisterkind füttert, *mit seiner Puppe.*
Die Puppe geht eigenständig nach vorne und fällt zu Boden. Sie ist kaputt.
Über ihm fliegt eine Drohne.
Frank, Die Weiße Knochenfrau, Anders, Ein Mädchen mit einem Baum *und* ***Die Ansammlung gequälter Seelen*** *sind anderswo.*

Der Mann, der das Geisterkind füttert *(betrachtet die Drohne)*
Okay. Hast du mich also erwischt. Wer bist du?

Frank *(zu seinem Team)*
Oh, er spricht mit mir!

Die Weiße Knochenfrau
Keine Sorge. Er kann jetzt nichts machen.

Frank *(antwortet dem **Mann, der das Geisterkind füttert**)*
Geht dich nichts an.

Der Mann, der das Geisterkind füttert
Egal, wer du bist, ich kann dir geben, was du willst.

Frank
Gib mir dein Leben.

Der Mann, der das Geisterkind füttert
Du siehst: Ich bin ein guter Herrscher. Die Bürger sind glücklich. Sie haben ein friedliches Leben.

Frank
Nicht ganz. Du hast so viele Menschen umgebracht.

Der Mann, der das Geisterkind füttert
Verstehe! Das lässt sich doch leicht korrigieren. Ich höre auf, Verräter zu töten. Aber bitte stell dir vor, was geschieht, wenn ich nicht mehr über das Land herrsche. Es gibt wieder Krieg.

Frank
Das wäre nicht schlimmer als jetzt.

Der Mann, der das Geisterkind füttert
Wenn du einen anderen zum Vorsitzenden machst, wird der nicht besser arbeiten als ich.

Frank
Vielleicht keinen Vorsitzenden, vielleicht einen Präsidenten.

Der Mann, der das Geisterkind füttert
Egal, wie du's nennst. Die Lage wird sich verschlechtern.

Frank
Warten wir's ab.

Der Mann, der das Geisterkind füttert
Okay, okay. Was willst du wirklich? Ich handele gern. Es muss irgendetwas geben, das ich dir anbieten kann. Du kannst es haben.

Frank
Sag ich doch, dein Leben.

Der Mann, der das Geisterkind füttert
Haha, mein Leben hat doch keinen Wert für dich. Wie wär's mit etwas, wonach du dich sehnst. Geld? Frauen? Land? Macht?

Frank
Ich will nur den Po meines Sohnes zurück.

Der Mann, der das Geisterkind füttert
Bitte töte mich nicht.

Frank
Erbarmen? Dieses Wort aus deinem Mund, das kann ich mir gar nicht vorstellen.

Der Mann, der das Geisterkind füttert
Ihr seid die wahren Teufel. Ihr zerstört die Stabilität und Schönheit der Menschheit.

***Frank** schießt den Nanoroboterkiller auf ihn.*
Black.

EPILOG

Im »Land der Isolation«.
***Anders** ist wie ein 60-jähriger Mann.*

Frank
Nachdem wir den Mann, der das Geisterkind füttert, getötet haben, wurde Die Ansammlung gequälter Seelen neue Präsidentin. Ich versteh nichts von Politik. Aber wenigstens regiert sie das Land auf eine neue Weise. Vielleicht ändert sich was.

Beim Verlassen von »Eine Mitte ohne Ende« fuhren wir zu einer kaum besiedelten Insel. Plötzlich warfen Kinder mit Steinen auf unsere Laster. Wir fuhren sehr schnell und hielten nicht an. Aber trotzdem konnte ich die Augen eines der Jungen sehen. Ganz kurz. Er war wütend. Er hasste uns aus tiefster Seele.

Wir sind zu Hause. Ich hab Jane seit einer Ewigkeit nicht gesehen. Und seit einer Ewigkeit nicht mehr Fish and Chips gegessen. Zum ersten Mal können wir unser Familienwiedersehen feiern. Endlich.

Anders ist wie ein 60-Jähriger zurückgekehrt. Aber glücklicherweise hat er ein Baby. Und noch glücklichererweise hat das neugeborene Mädchen einen Po.

Eines Tages fällt Anders plötzlich bewusstlos zu Boden. Er atmet nicht. Wir glauben, er ist gestorben. Ein Tag vergeht, er wacht auf und benimmt sich wie ein Neugeborenes. Er beißt in alles rein, was er sieht. Aber überraschenderweise hat er seinen Po wieder. Er wächst immer noch schnell.

Jetzt benimmt er sich wie ein 10-jähriger Junge. Ein Mädchen mit einem Baum weiß erst nicht, wie sie mit ihm umgehen soll. Sie findet ihn eher interessant als nervig. Erinnern kann er sich an alles, auch wenn er sich wie ein Kind benimmt.

Eine Stimme hat mir eine Medaille verliehen, dabei hab ich alles nur für mich selbst gemacht.

Eine Stimme
Du bist der Beste im Team. Womöglich brauche ich dich in naher Zukunft noch mal.

Frank
Das klingt komisch. Hab ich was falsch gemacht, dass ich »der Beste im Team« bin? Oder ist »der Beste in der Armee« gut für uns alle? Ich weiß, dass Eine Stimme mir keine Antwort geben wird. Und ich glaube, Eine Stimme ist die eigentliche Supermacht. Irgendwie macht mir das Angst.

Vor dem Abschied hat mir Die Weiße Knochenfrau noch den Einschnür-Zauber gegeben. Der ist wie ein Stirnband, das ich mir auf den Kopf ziehen muss. Laut der Weißen Knochenfrau wird es mich daran hindern, die Drohne für was Unrechtes einzusetzen. Sollte ich zum Beispiel unschuldige Bürger bombardieren wollen, schnürt der Zauber meinen Kopf eng zusammen und bereitet mir große Schmerzen. Ehrlich gesagt weiß ich nicht, ob's funktioniert. Aber ich vertraue der Weißen Knochenfrau. Sie hat mir so viel geholfen.

Ich weiß auch nicht, ob ich sie noch mal wiedersehe. Sie ist niemand, der einfach mal vorbeischaut. Ehe sie ging, hat sie mir noch etwas gesagt, das ich nicht ganz verstehe.

Die Weiße Knochenfrau
Schuld ist Macht.
Sie ist gut für dich, Mann.

– ENDE –

* Die Arbeit an diesem Stück habe ich um 16:30 am 9. August 2019 wiederaufgenommen, im 5. Stock der HKU Library. Die erste Fassung habe ich um 16:04 am 11. September 2019 fertiggestellt, im 4. Stock der HKU Library. Der turbulentesten Zeit in Hongkong seit dem 2. Weltkrieg.
* Die Arbeit an der zweiten Fassung habe ich um 11:43 am 19. Dezember 2019 beendet, Tsim Sha Tsui Centre of The Hong Kong Baptist University.
* Die dritte Fassung war schließlich um 17:25 am 8. Januar 2020 fertig, in meinem Büro in der Hong Kong Academy for Performing Arts.

KB 3892

Teil 3

Überall im Universum Klang

Aus dem Englischen von Ulrike Syha

»Das Schicksal ist etwas, auf das man zurückblickt, wenn es vergangen ist, nicht etwas, was man im Voraus sieht.«

Haruki Murakami
Mr. Aufziehvogel

»Mein Leben habe ich damit verbracht, in meinem Denken kreuz und quer durch das Universum zu reisen.«

Stephen Hawking
Kurze Antworten auf große Fragen

T, ein Mann Mitte 30

Aries / Mesa, eine Frau um die 30

Die Katze mit einem Loch, alterslos

Astronaut, ein Mann zwischen 30 und 40

Die Ansammlung gequälter Seelen, alterslos

Die Ansammlung des Bösen im Menschen / Benevolent, alterslos

Scorpio, eine Frau um die 30

Der Präsident, alterslos

Ein Schrägstrich (/) zeigt an: 1. Wenn Repliken unterbrochen werden oder sich überlappen; 2. Eine Pause entsteht; 3. Oder eine Figur nichts sagt.

PROLOG: Begegnung

*Sowohl **T** als auch **Aries** sprechen im Dunkeln.*

T
Als das Universum jung war
War es ziemlich laut
Da war eine Menge Klang
Klang entsteht durch die Vibration von Materie
Man muss sich vorstellen
Dass unendlich viel Materie vibrierte
Sich bewegte
Es war wunderschön
Alles Mögliche passierte
Überall lauerten Überraschungen
Du konntest zu allem werden
Aus allem konnte ein anderes Du entstehen

***T** geht ab.*
***Aries** tritt auf, tanzt mit ihrem Schatten.*

Aries
Manchmal, wenn Menschen nicht einschlafen können
Zählen sie Schafe
Ein Schaf
Zwei Schafe
Drei Schafe
Sie springen über einen Zaun
Laufen übers Gras
Und sind verschwunden
Die Menschen glauben, wenn sie genug Schafen dabei zusehen
Schlafen sie ein

Ich bin Aries
Aries bedeutet Schaf, weißes Schaf
Ich sehe, wie meine Spezies in die Träume von Millionen Menschen springt
Ich kann alle diese Schafe sein
Millionen Schafe, die in die Träume von Millionen Menschen springen
Auf diesem Planeten
Planet OO
Meinem geliebten Zuhause
Ich bin froh, dass ich den Menschen beim Einschlafen helfen kann
Ich bin froh, dass es mir möglich ist, in verschiedenen Träumen aufzutauchen

Aber sobald ich eine Entscheidung getroffen habe
Kann ich nur noch eines dieser Schafe sein
Nur in den Träumen eines Menschen auftauchen
Obwohl es eine Vielzahl an Universen gibt
Gibt es für mich nur noch eines
Andere Universen mögen existieren
Aber die gehen mich nichts an

Eines Nachts
Beschloss ich, jemanden im Traum zu besuchen

AKT 1: Planet OO wird in das Schwarze Loch gezogen

1. Romantischer Stalker

T *und* ***Die Katze mit einem Loch.***
Auf Proxima Centauri.[2]
Planet OO wird quer durchs Universum gezogen.
Das Schwarze Loch sieht man noch nicht.

T
Nachdem ich aufgewacht war
Folgte ich den Erinnerungen aus meinem Traum
Und klingelte bei Aries an der Tür
Drei Monate später wurde sie meine Frau

Die Katze mit einem Loch
Klingt wie ein Stalker

T
Findest du das nicht romantisch?

Die Katze mit einem Loch
Ein romantischer Stalker

T
Wir trafen uns in meinem Traum
Nein, nein
Sie war es, die mich im Traum aufsuchte

2 Proxima Centauri ist der Stern, der der Sonne am nächsten ist, eine Art Roter Zwerg.

Die Katze mit einem Loch
Du hast jede Nacht so viele Träume
Ganz schön beschäftigt, was

T
Sie kam zu mir, redete mit mir
Im Traum schienen wir einander seit vielen
Leben zu kennen
Ich wusste, ich musste sie einfach finden,
oder ich würde es bereuen

Die Katze mit einem Loch
Viele Leben, bevor ihr euch begegnet seid
Kann ich verstehen

T
Dein Zeitkonzept ist ein völlig anderes
Keine Vergangenheit
Keine Zukunft
Wie kannst du mein Konzept mit den vielen
Leben verstehen?

Die Katze mit einem Loch
Ich kann mich in dich hineinversetzen
In jeden
Nachdem ich so viele Dinge gesehen habe
Freiwillig oder eher unfreiwillig

T
Dann werde ich meine Frau also wiedersehen?

Die Katze mit einem Loch
/

T
Du hast doch gesehen, was passieren wird?

Die Katze mit einem Loch
/

T
Kann Planet OO dem Schwarzen Loch entkommen?
Oder was wird mit Planet OO im Schwarzen Loch geschehen?

Die Katze mit einem Loch
Das musst du einen Wahrsager fragen
Nicht mich

T
Ein Wahrsager kann dir nicht das Wasser reichen
Unter allen Lebewesen kommst du Gott am nächsten

Die Katze mit einem Loch
Ich hatte mal die Gelegenheit, zurück zum Urknall zu gehen
Klingt verlockend, was?
Zu sehen, wo dieses Universum herkommt
Alle Geheimnisse des Lebens zu kennen
Wahrscheinlich könnte ich so mein Loch füllen
Die offen gebliebene Mission meines Lebens
Aber ich habe die Gelegenheit nicht ergriffen

T
/
Warum nicht?

Die Katze mit einem Loch
Es gibt einen Fluch
Wenn eine Spezies den Ursprung des Universums kennt
Stirbt diese Spezies aus
Du würdest keine Welt ohne Katzen wollen, denke ich mal

2. Rational und positiv

Aries** und der **Astronaut.
Auf Planet OO.
Eine Uhr, die normal läuft.
***Aries** schaut in den Himmel.*
Während der Szene sind am Himmel einige Explosionen zu sehen.

Aries
Von hier aus
Kann ich eigentlich nichts Ungewöhnliches erkennen

Astronaut
Wir fliegen mit zweihundertfünfzig Sekundenkilometern auf das Schwarze Loch zu

Aries
Wir fliegen nicht
Wir werden in das Schwarze Loch gezogen

Astronaut
In weniger als sieben Tagen kommen wir dort an

Aries
Bei dir klingt das so positiv

Astronaut
Wirklich? Ich weiß ja nicht

Aries
Ich denke nicht, dass wir im Schwarzen Loch
»ankommen« werden
Das ist kein langer Urlaub nach einem Jahr harter Arbeit

Astronaut
Als Astronaut interessieren mich alle Orte im Universum,
die wir noch nicht erforscht haben

Aries
Als Mensch möchte ich einfach überleben

Eine Explosion am Himmel.

Astronaut
Der Eintritt ins Schwarze Loch bedeutet nicht zwingend
deinen Tod
Es gibt einen Ausgang

Aries
Aber niemand ist je dort gewesen
Vielleicht gibt es diesen Ausgang gar nicht
Und wir werden im Schwarzen Loch einen qualvollen Tod
sterben

Astronaut
Auch wenn es keinen Ausgang gibt
Ich bin trotzdem gespannt
Dann muss es etwas Anderes geben

Aries
Dieses Andere bedeutet den Tod

Astronaut
Das hängt davon ab, wie man den Tod definiert

Aries
Nehmen wir mal an, es gibt einen Ausgang
Dann können wir noch lange nicht von dort zurück zum
Eingang

Astronaut
Und?

Aries
Es bedeutet einen Abschied für immer von dieser Welt
Von der Welt, in der ich lebe
Ein Abschied für immer von meinem Mann, T

Astronaut
Wir sind nur ein Haufen an Informationen
Ich kann verstehen, warum du traurig bist
Aber vielleicht werden wir
Im Schwarzen Loch ja dekodiert und dann wieder
neu kodiert
Es wird eine neue Aries geben
Einen neuen Astronauten
Am anderen Ende des Universums

Aries
Ich kann es mir trotzdem nicht vorstellen
Es bedeutet für mich trotzdem den Tod

Astronaut
Es ist nicht der Tod
Es ist eine Verwandlung

Eine Explosion am Himmel.

Aries
Wenn diese Verwandlung etwas Gutes wäre
Würden kaum alle diesen Planeten so unbedingt verlassen wollen

Astronaut
Ich finde, sie verhalten sich irrational
Wir haben bereits bekanntgegeben
Dass alleine aufgrund der Schwerkraft
Niemand von diesem Planeten wird wegfliegen können

Aries
Sie sind einfach verzweifelt

Astronaut
Ich denke, sie verhalten sich irrational

Aries
Und du so verdammt rational

3. Kreis rein, Rechteck raus

Auf Proxima Centauri.
***T** und **Die Katze mit einem Loch** werden Zeugen, wie Planet OO in den Ereignishorizont*[3] *des Schwarzen Loches gezogen wird. Das Abbild von Planet OO strahlt zunehmend schwächer und röter.*
*Eine Live-Fernsehübertragung findet statt. **T** und **Die Katze mit einem Loch** schauen die Nachrichten auf einem typischen Gerät des Zeitalters.*

Die Katze mit einem Loch
Ich glaube, das willst du lieber nicht sehen

T
Wenn ich mit dem Leid anderer konfrontiert bin
Zwinge ich mich, den Blick nicht abzuwenden
Wenigstens das

Die Katze mit einem Loch
Es ist absolut unerträglich

T
/
Ich wünschte, ich wäre dort auf dem Planeten

Die Katze mit einem Loch
Sei nicht albern
Hier bist du wenigstens am Leben
Und solange es Leben gibt, gibt es Hoffnung

3 Ereignishorizont: der Rand des Schwarzen Loches.

T
Ha! Hoffnung!

Die Katze mit einem Loch
Es gibt einen Ausgang aus dem Schwarzen Loch

T
Davon habe ich gehört
Es wundert mich

Die Katze mit einem Loch
Ich bin viele Male dort gewesen
Ich habe interessante Dinge gesehen
Zum Beispiel, wie eine Katze reingeriet und als Pinguin verwandelt wieder rauskam
Kreis rein, Rechteck raus
Stadt rein, Pralinenschachtel raus
Nazi rein, und /

T
Bring mich hin

Die Katze mit einem Loch
Selbst wenn dein Planet OO und deine Frau in andere Dinge verwandelt werden?

T
Ich will sie trotzdem beide wiedersehen
He! Bring mich sofort hin! Warum sonst hätte ich dich herbeordern sollen?

Die Katze mit einem Loch
Na ja /

T
Du hast ein Loch
Du brauchst jemanden, der seine Hände hineinsteckt, um dir wieder das Gefühl zu geben, dass du existierst
Ich weiß, du brauchst dieses Gefühl von Schmerz
Im Austausch
Ich weiß, dass du mich zum Ausgang des Schwarzen Lochs bringen kannst
Es ist ein guter Deal

Die Katze mit einem Loch
Ich bin hier, weil Die Ansammlung gequälter Seelen wollte, dass ich dich treffe
Ich bin ihr schon sehr lange etwas schuldig
Aber ich wusste nicht, dass ich dir helfen soll, zum Ausgang des Schwarzen Loches zu kommen

T
Das ist doch ein Leichtes für dich

Die Katze mit einem Loch
Nicht so leicht, wie du denkst
Ich kann dich nicht huckepack nehmen und durch den Weltraum reisen
Es würde dich in Stücke fetzen

T
Du bist so viele Male dort gewesen

Die Katze mit einem Loch
Aber immer alleine

T
/

Die Katze mit einem Loch
Du willst etwas nahezu Unmögliches
Das Schwarze Loch ist riesig
Mit der heutigen Technologie
Dauert die Reise von hier bis zum Ausgang des Schwarzen Loch zweihundert Jahre
Die durchschnittliche menschliche Lebenserwartung ist einhundertzwanzig Jahre
Du würdest die Ankunft nicht erleben

T
/

Die Katze mit einem Loch
Im Schwarzen Loch gibt es keine Zeit
Selbst ich wage mich dort nicht hinein
Offen gestanden
Weiß niemand, wie lange es dauern wird, bis Planet OO dekodiert und wieder neu kodiert ist

T
Was kann ich tun, wenn ich trotzdem hinwill?

Die Katze mit einem Loch
Nicht viel

T
Nicht viel heißt, irgendwas schon

4. Spaghetti und Lasagne

Aries** und der **Astronaut.
Auf Planet OO.
Die Uhr aus Szene 2 läuft jetzt langsamer.
Draußen findet eine Party statt.

Aries
Feiern hilft nicht

Astronaut
Mir auch nicht

Aries
Ich bin froh, dass es manchen was bringt

Astronaut
Zumindest scheinen sie weniger daran interessiert,
sich gegenseitig auszurauben und umzubringen

Aries
Mir ist ein bisschen schwindelig

Astronaut
Das ist normal

Aries
Kommt es mir deshalb so vor, dass die Leute langsamer tanzen als sonst?

Astronaut
Je näher wir dem Schwarzen Loch kommen
Umso langsamer wird die Zeit

Aries
Gilt das auch für mein Denken?

Astronaut
Kann sein
Weil das Blut langsamer zirkuliert

Aries
Wie soll ich in diesen Tagen überhaupt denken?
Schreibe ich weiter Tagebuch, um mich zu erinnern,
oder werden andere sich erinnern?
/
Wie dumm von mir.
Wer wird in vier Tagen mein Tagebuch überhaupt noch
lesen?

Astronaut
Es sind dreieinhalb Tage

Aries
Danke für die akkurate Kalkulation

Astronaut
Wir haben Glück
Das Schwarze Loch, auf das wir uns zubewegen, ist ein
großes
Es hat etwa die viermillionenfache Masse der Sonne im
Sonnensystem

Aries
Warum ist das ein Grund zum Feiern?

Astronaut
Wenn die Masse zu gering wäre
Würden wir alle auseinandergerissen und zu Spaghetti gehackt
Jetzt wirkt die gleiche Anziehungskraft auf unsere Körper und auf den Planeten

Aries
Ich weiß deine positive Einstellung zu schätzen

Astronaut
Fakten faszinieren mich

Aries
Gestern Abend habe ich meinen Vater besucht und ihm sein Lieblingsessen gekocht
Lasagne
Das mochte er seit seiner Kindheit
Auch wenn er eine Menge vergessen hat
An den Geschmack von Lasagne kann er sich erinnern

Astronaut
Biologen haben vor langer Zeit entdeckt, dass Menschen sich vor ihrem Tod als letztes an Geräusche erinnern, nicht an Geschmack.

Aries
Wo ist deine Familie?

Astronaut
Sie haben den Planeten vor der Krise verlassen

Aries
Du vermisst sie, oder?

Astronaut
Sie zu vermissen bringt nichts
Ich kann sie ja nicht mal anrufen
Ich konzentriere mich auf zukünftige Entdeckungen

Plötzlich ist der Weltraum voller Staub. Eine starke Anziehungskraft setzt ein. ***Aries*** *und der* ***Astronaut*** *fallen beinahe hin.*

Aries
Was ist das?

Astronaut
Wir sind wohl im Zentrum der Milchstraße angekommen
Dort gibt es viel Staub

Aries
Woher kommt der ganze Staub?

Astronaut
Der Staub entsteht beim Kollaps von Meteoriten, Planeten oder auch von hochintelligenten Wesen wie uns

Aries
Klingt wie der Beweis vom Ende aller Zivilisationen

Astronaut
Jetzt vermisse ich meine Familie doch

5. Ich will die dunkle Seite des Universums eliminieren

Auf einem Eisplaneten, der Hauptstadt der Galaxie C.
Vor einer gigantischen Maschine.
***Die Ansammlung gequälter Seelen** und **Die Ansammlung des Bösen im Menschen** stehen sich gegenüber, wie zum Duell. Sie bewegen sich nicht.*

Die Ansammlung des Bösen im Menschen
Es ist eisig hier.

Die Ansammlung gequälter Seelen
/

Die Ansammlung des Bösen im Menschen
Noch kälter als sonst
Ich fürchte, dieser Planet steuert wieder auf die Eiszeit zu

Die Ansammlung gequälter Seelen
Das wirst du nicht erleben

Die Ansammlung des Bösen im Menschen
Du hattest Geschichte in der Schule, oder?
Vor tausend Jahren haben die Menschen die Erde verseucht, zerstört und verlassen
Diesen Fehler will ich hier nicht wiederholen

Die Ansammlung gequälter Seelen
Schwachsinn.
Du eröffnest

Die Ansammlung des Bösen im Menschen
Mach du doch

Die Ansammlung gequälter Seelen
Das ist nicht meine Art

Die Ansammlung des Bösen im Menschen
Dann warten wir
Ich habe keine Lust dazu
Ich glaube, du hast es eiliger als ich

/

Die Ansammlung des Bösen im Menschen
Glaubst du nicht, dass mein Plan /

Die Ansammlung gequälter Seelen
Du kannst einfach nicht den Mund halten

Die Ansammlung des Bösen im Menschen
Na ja, ich muss jeden Tag mit so vielen Leuten kommunizieren
Ihnen Befehle erteilen
Ich rede aus Gewohnheit

Die Ansammlung gequälter Seelen
Dir beim Reden zuzuhören ist unerträglicher als der Tod

Die Ansammlung des Bösen im Menschen
Ich habe eine Menge großartige Ideen, die ich allen /

Die Ansammlung gequälter Seelen
Die Beziehungen von Menschen zu zerstören und sie zu quälen, Genozide – das sind großartige Ideen?

Die Ansammlung des Bösen im Menschen
Ich habe einen Plan /

Die Ansammlung gequälter Seelen
Dein Name passt zu dir
Die Ansammlung des Bösen im Menschen

Die Ansammlung des Bösen im Menschen
Das ist nicht mein Name
Mein wirklicher Name ist Mercy

Die Ansammlung gequälter Seelen
Du versammelst alles Böse in deinem Körper

Die Ansammlung des Bösen im Menschen
Ich weiß, dass ich viel Macht besitze
Denn ich bin ein Genie und arbeite hart

Die Ansammlung gequälter Seelen
Und du komprimierst die gesamte Dunkle Materie im Universum

Die Ansammlung des Bösen im Menschen
Du nennst sie auch »dunkel«, nicht?

Die Ansammlung gequälter Seelen
Lenk nicht ab
Du weißt, dass Dunkle Materie bloß ein wissenschaftlicher Terminus ist

Die Ansammlung des Bösen im Menschen
Egal
Ich komprimiere sie, weil ich die dunkle Seite des

Universums eliminieren will
Ich will, dass das Licht siegt
Siehst du diese Maschine hier
Das ist die größte Erfindung der Menschheit

Die Ansammlung gequälter Seelen
Niemand wird siegen
Du zerstörst das Universum
Planet OO ist das erste unschuldige Opfer

Die Ansammlung des Bösen im Menschen
Das sind nur Geburtswehen
Für das Gute im Universum
Das Opfer lohnt sich

Die Ansammlung gequälter Seelen
Du weißt
Dass diese Galaxie kugelförmig ist
Dein Reich wird ebenfalls zerstört werden

Die Ansammlung des Bösen im Menschen
Das denke ich nicht

Die Ansammlung gequälter Seelen
Du weißt gar nichts

Die Ansammlung des Bösen im Menschen
He, du
Komm doch und erledige mich

6. Ich hoffe, ich habe nicht zu viel vom Geheimnis des Universums entschlüsselt

Auf Proxima Centauri.

T
Sag mir, was ich tun kann
Bitte

Die Katze mit einem Loch
Solange das Universum komprimiert wird
Birgt deine Reise viele Unsicherheiten

T
Meine Frau ist auf diesem Planeten
Meine Freunde, meine Familie und alle Menschen, die mir etwas bedeuten
Aber jetzt ist er weg
Mein Heimatplanet ist einfach weg
Alle in diesem Universum sind Zeugen seines Verschwindens
Niemand in diesem Universum kann etwas für seine Rettung tun
Ich kann nur auf seine potentielle Verwandlung warten
Auch wenn ich keine Ahnung habe, was das heißt
Und es wahrscheinlich auf Auslöschung hinausläuft, nicht auf Verwandlung
Aber Verwandlung ist die einzige Hoffnung, die mir bleibt

Die Katze mit einem Loch
Warum hast du Planet OO dann verlassen?

T
Wir hatten von dem Plan mit dem Komprimieren gehört
Ich wollte diesen Mist aufhalten
Aber ich bin gescheitert

Die Katze mit einem Loch
Eine Frage:
Wenn deine Frau in einen Affen verwandelt wird,
was tust du dann?

T
/

Die Katze mit einem Loch
Und wenn du nach all den Jahren
Am Ausgang des Schwarzen Lochs ankommst
Nach einer so langen Reise
Und dich in einen Nano-Roboter verwandelst
Denkst du, du bist dann immer noch du?

T
Das hängt davon ab, was in mir drinnen ist
Beziehungsweise in dem Affen

Die Katze mit einem Loch
Du glaubst, da gibt es etwas Unveränderbares in dir?

T
Ich denke schon
Den Keim des Bewusstseins

Die Katze mit einem Loch
Ich kann dir helfen, ein Raumschiff zu bauen

Darin wirst du zweihundert Jahre reisen müssen
Kommst du mit diesem Schicksal klar?

T
Meine Entscheidung steht, seit ich bei der Rettung meiner Heimat gescheitert bin

Die Katze mit einem Loch
Es wäre besser, wenn dich jemand auf der Reise begleitet

T
Gestern Abend
Am letzten Abend, bevor Planet OO ins Schwarze Loch gezogen wurde
War ich unfassbar müde
Nach all den rastlosen Tagen
Ich bin kurz eingeschlafen
Aries kam und besuchte mich im Traum
Sie sagte, ich solle mich an eine Frau wenden
Die Schwester des Astronauten
Aries will, dass ich ihr eine Nachricht schicke
Sie kennt sich wohl mit interstellaren Reisen aus

Die Katze mit einem Loch
Jemanden zu finden, der dir helfen kann, ist nicht meine Aufgabe
Aber ich werde dir etwas geben
Warte

***Die Katze mit einem Loch** reist in das andere Universum.*
Auf der Bühne sehen wir aber nur, wie sie sich umdreht.
Danach hält sie eine Box in der Hand.

Die Katze mit einem Loch
Hier
In diesem Universum
Gibt es keine Energieform, die dir das interstellare Reisen ermöglichen könnte
Das hier ist aus dem anderen Universum

T
Du bist schnell
Danke

Die Katze mit einem Loch
Ich habe ein halbes Jahr gebraucht, um das zu holen
Ich hoffe, ich habe nicht zu viel vom Geheimnis des Universums entschlüsselt
Das Aussterben der Katzen ist wirklich das Letzte, was ich möchte

7. Die Insel

Auf Planet OO.
In dieser Szene läuft die Uhr am langsamsten. Am Ende bleibt sie fast ganz stehen. Auch ***Aries*** *und der* ***Astronaut*** *sprechen und bewegen sich in dieser Szene langsam.*

Astronaut
Der Himmel ist wunderschön

Aries
Positiv eingestellt bis zum Ende der Welt

Astronaut
Fakten kann man nicht ändern, die eigene Einstellung schon

Aries
Ich bin traurig
Und habe Angst

Astronaut
Nichts wird verlorengehen
Nichts verschwinden
Wie wenn man ein Räucherstäbchen abbrennt:
Etwas Festes wird zu Luft

Aries
Aber ich kann dann nicht mehr ich sein

Astronaut
Es gibt Wichtigeres

Aries
Wir haben auf einer Insel gelebt
T und ich
Wir sind oft zu dem alten, verlassenen Dorf gegangen
Haben die Meeresbrise gespürt
Den Sonnenuntergang beobachtet
Dann sind wir wieder nach Hause
Haben gekocht
Und zu Abend gegessen

Eine Woche bevor er Planet OO verließ
Habe ich ihm gesagt

Da am Meeresufer
Dass ich schwanger bin

All das wird verschwinden
Für immer

Astronaut
/

Aries
Ich gehe jetzt nach Hause
Zu meinem Vater

Astronaut
Bis hoffentlich bald
Pass auf dich auf

Aries
Du auf dich auch

***Aries** geht langsam ab.*
*Der **Astronaut** schaut in den Himmel.*
Planet OO erreicht den Ereignishorizont.
Es wird laut.
Furchteinflößende Geräusche von überall, wie die letzten Schreie von Menschen vor ihrer Exekution, das Brüllen gewaltiger Geister, alle Lebewesen in Agonie.
Die Zeit hält an.
Kein Licht.
Stille.

AKT 2: Zweihundert Jahre der Nicht-Ereignisse

1. Das größte Talent in Nicht-Offenheit

Auf einem Eisplaneten, der Hauptstadt der Galaxie C.

T
Die Ansammlung des Bösen im Menschen hat den Plan
Alle Dunkle Materie in der Milchstraße zu komprimieren

Die Ansammlung gequälter Seelen
Ich kann spüren, dass sich die Atmosphäre im Universum drastisch verändert hat
Planet OO wird das erste, aber nicht das letzte Opfer sein

T
Wir müssen etwas unternehmen …

Die Ansammlung gequälter Seelen
Ich weiß nicht, ob ich dir helfen kann

T
Du bist Die Ansammlung gequälter Seelen
Du versammelst Weisheit, Macht, Geist, Trauer, Hoffnung und Hass aller unterdrückten Seelen in diesem Universum in dir
Außer dir wüsste ich niemand, dessen Macht mit seiner vergleichbar wäre

Die Ansammlung gequälter Seelen
Unterschätze nie deinen Gegner
Er vereinigt alle Macht der Unterdrückung, Ausbeutung und Kontrolle in sich

DAS BÖSE AN DER MACHT
Noch wichtiger:
Nicht alle halten ihn für böse
Nur wir
In seinem Reich ist er beliebt

Die Ansammlung des Bösen im Menschen tritt auf.

Die Ansammlung des Bösen im Menschen
Willkommen, meine Gäste
Ihr habt mich sicher schon vermisst

T
Du bist ekelhaft

Die Ansammlung gequälter Seelen
So gut kennen wir uns nicht

Die Ansammlung des Bösen im Menschen
(zur Ansammlung gequälter Seelen)
Wir kennen uns verdammt gut
Eine Million Seelen habe ich in dir gefickt, verdammte Tage und Nächte lang
Und wie dich das manchmal befriedigt hat, du konntest gar nicht genug von mir kriegen, was?

(zu T)
Und du
T
Der beste Konsiliator im Reich
Warum kommst du nicht direkt zu mir?
Wenn du glaubst, dass du mich überzeugen kannst
Musst du sie nicht um Hilfe bitten

T
Ich glaube nicht, dass ich jemanden überzeugen kann,
der nur auf sich selbst hört

Die Ansammlung des Bösen im Menschen
Versuch es doch
Bitte

/

T
Dein Plan wird auch dich umbringen

Die Ansammlung des Bösen im Menschen
Nein, das denke ich nicht
Mein Plan ist perfekt
Er wird unser Universum besser machen
Unsere Zukunft strahlender

T *(zur **Ansammlung gequälter Seelen**)*
Siehst du

Die Ansammlung gequälter Seelen
*(zu **T**)* Er hat sich gerade selbst erledigt

T *(zur **Ansammlung gequälter Seelen**)*
Nicht nur sich selbst
Alle Konsilisatoren im Universum gleich mit

Die Ansammlung gequälter Seelen
*(zu **T**)* Ich muss zugeben, in Starrköpfig-Sein hat er großes
Talent

T ***(zur Ansammlung gequälter Seelen)***
In Selbstgenügsamkeit auch

Die Ansammlung gequälter Seelen
(zu T) In Nicht-Offenheit

Die Ansammlung des Bösen im Menschen
He, hört auf, mich zu ignorieren
Ich bin kein Idiot

T
Dann hör auf, Dinge zu tun, die niemandem nutzen

Die Ansammlung des Bösen im Menschen
Du verstehst es immer noch nicht
Wenn das Reich gut ist
Ist das ganze Universum gut
Und wie wird das Reich zu etwas Gutem?
Indem man die dunkle Seite des Universums eliminiert!

Die Ansammlung gequälter Seelen
Vergeude deine Zeit nicht mit ihm
Überlass ihn mir
Dir bleibt nicht viel Zeit
Geh und finde die Katze mit einem Loch
Sie wartet auf dich auf Proxima Centauri

T
Und sie wird diesen Mist beenden?

Die Ansammlung gequälter Seelen
Sie wird dir geben, was du brauchst
Auch wenn es vielleicht nicht das ist, was du dir vorstellst

Sie ist mir schon ein Leben lang etwas schuldig
Also wird sie dir helfen

T
Verstanden
Pass auf dich auf
Schneid ihn in Stücke

Die Ansammlung gequälter Seelen
Viel Glück

T geht ab.
Die Ansammlung gequälter Seelen *zieht ihr Schwert.*
Die Ansammlung des Bösen im Menschen *lacht lauthals.*

2. Damit lassen sich so einige Lichtjahre totschlagen

Auf Proxima Centauri.
Die Katze mit einem Loch *steckt die Energiebox in den Space Train.*

Die Katze mit einem Loch
Bitte schön.

Scorpio
Ich bin so aufgeregt!

T
Wird dir während der zweihundert Jahre nicht langweilig werden?

Scorpio
Auf keinen Fall
Und man kann ja in Winterschlaf gehen, wenn einem langweilig ist, man Angst hat oder durcheinander ist
Um die Zeit totzuschlagen

Die Katze mit einem Loch
Ihr könnt nicht beide in Winterschlaf gehen
Zumindest einer muss wach bleiben

T
Wir werden vorsichtig sein

Scorpio
Ich bin nicht wild darauf, das Bewusstsein zu verlieren
Ich will so viel vom Universum sehen wie möglich

Die Katze mit einem Loch
Die Leidenschaft einer Wissenschaftlerin
Ich hoffe, auch ich finde meine Leidenschaft wieder
Zumindest ein einziges Mal

Scorpio
Vielleicht finden wir nach dieser Reise
Eine Lösung für dein Loch

Die Katze mit einem Loch
Hoffentlich

T
Mal ehrlich
Hast du schon gesehen, wie die Reise enden wird?

Die Katze mit einem Loch
Immer dieselbe alte Frage

Scorpio
Ich will es lieber nicht wissen
Ich hasse Spoiler

Die Katze mit einem Loch
Steigt schon ein
Keine Zeit zu verlieren

T
Danke für alles
Ich hoffe, wir werden uns eines Tages wiedersehen
Auch wenn ich langsam das Gefühl habe, ich werde das Konzept von Zeit nie verstehen

Scorpio
Die Zeit wird sehr bald stillstehen

***T** und **Scorpio** steigen in den Space Train.*
***Die Katze mit einem Loch** winkt ihnen zum Abschied.*
Der Space Train hebt ab.
***Scorpio** starrt in die Dunkelheit des Universums.*

Scorpio
Im Zeitalter der alten Erde
Fanden ein paar Wissenschaftler heraus, dass es einen Grund gibt, warum das Universum so dunkel ist
Wenn die Sterne kontinuierlich strahlen und scheinen würden
Hätten sie das gesamte Universum längst aufgeheizt
Das Universum wäre so grell wie die Sonne

Aber nein
Das Universum ist dunkel
Die Sterne können nicht für immer scheinen
Alles muss irgendwann ein Ende haben
Die Zeit ist endlich

T
Als ich klein war

Scorpio
Schien die Welt riesig groß

/

T
Du bist Musikhistorikerin!

Scorpio
Ich mag einfach all dieses Zeug von der alten Erde

T
Als ich klein war
Hat man mir erzählt, dass auf den Tod ewiges Leben folgt
Danach hatte ich nachts dann große Angst
Ich dachte
Wenn ich für immer lebe
Bedeutet das, ich kann mich nie ausruhen
Das ist unfassbar anstrengend
Aber wenn ich sterbe
Und es gibt kein Jenseits
Ist das auch beängstigend
Mein ganzes Leben wird für immer verschwinden

Eine dritte Möglichkeit wollte mir nicht einfallen
Ich weinte die ganze Nacht

Scorpio
Und wie bist du da rausgekommen?

T
Meine Mutter sagte
Die Weisheit der Menschen ist begrenzt
Wahrscheinlich gibt es da etwas, auf das wir jetzt nur nicht kommen

Scorpio
Eine strategische Einstellung zum Leben

T
Manchmal denke ich
Wenn es nie Menschen gegeben hätte
Gäbe es auch mich nicht
Keine Auslöschung von Planet OO
Kein Leid

Scorpio
Wenn es keine Menschen gäbe
Würde auch niemand von der Existenz des Universums wissen
Mit anderen Worten
Das Universum existierte nicht

T
Es sei denn, es gäbe eine andere hochintelligente Spezies

Scorpio
Schon, aber bisher haben wir in der Milchstraße keine gefunden

T
Kannst du dich mit der Nicht-Existenz des Universums abfinden?

Scorpio
Es ist schon besser, dass es uns gibt
Damit das Universum von jemandem gesehen wird
Was passiert ist, ist passiert
Es muss Spuren geben
Es geht um alles oder nichts
Und nichts ist nicht meine bevorzugte Wahl

T
Du hast eine so positive Einstellung
Wie dein Bruder
Der Astronaut

Scorpio
Vielleicht wird er nach dem Austritt aus dem Schwarzen Loch eine total negative Einstellung haben

***T** denkt nach.*
Lichtwechsel. Das bedeutet, ein paar Jahre sind verstrichen.

Scorpio
Wie wäre es mit Winterschlaf?

T
Wird es dir nicht langweilig werden, wenn ich nicht da bin?

Scorpio
Nicht wirklich
Die Menschen produzieren seit über zehntausend Jahren
so viel Unterhaltung,
um sich nicht zu Tode zu langweilen
Damit lassen sich so einige Lichtjahre totschlagen

/

Scorpio
Und offenbar leidest du mehr darunter als ich

T
In Ordnung. Du übernimmst den Space Train.

***T** geht in Winterschlaf.*
***Scorpio** starrt ins Nichts.*

Scorpio
Das Nichts wirkt so leer
Oder man denkt, es ist leer
Weil man denkt, es verändert sich nicht
Aber man kann das Nichts unterteilen
In viele kleine Teile
Jeder winzig kleine Teil ist ein winzig kleines Universum
Und in jedem winzig kleinen Universum
Gibt es Weltraumreisende wie uns
Die zweihundert Jahre unterwegs sind
Der Grund für ihre Reise mag ein anderer sein
Aber ihr Schicksal ist identisch

Wenn ich ins Nichts starre
Kann ich das Schicksal all dieser Leute sehen
Ihre Geschichten sind alle verschieden
Das ist die beste Unterhaltung
Diese ganzen Variationen von Leid und Glück
Wenn ich das ansehe
Verlieren Leid und Glück ihr Gewicht
Wiegen nicht mehr so schwer wie in unserem
endlichen Leben
Oder wenigstens haben sie keine Bedeutung mehr
für mich
Aber interessant sind sie trotzdem
Diese winzig kleinen Universen
Ich interessiere mich einfach für Variationen

3. Denkst du auch ein klein wenig an sie?

Auf einem Eisplaneten, der Hauptstadt der Galaxie C.
Vor einer gigantischen Maschine.
***Die Ansammlung gequälter Seelen** und **Die Ansammlung des Bösen im Menschen** stehen sich gegenüber, wie zum Duell. Sie bewegen sich nicht.*
Sie wirken etwas älter als in den Szenen davor.

Die Ansammlung des Bösen im Menschen
Wonach ich strebe, ist räumliche Totalität
Das Universum ist zu fragmentiert
Die Sterne und Planeten sind zu weit voneinander entfernt
Weltraumreisen haben ihre Grenzen
Wenn es uns gelingt, alle Teile des Universums zentral zu
reorganisieren
Steigert das die Effektivität der Menschheit

Und wir werden das Universum außerhalb der Milchstraße kolonialisieren

Die Ansammlung gequälter Seelen
Bist du erschöpft?

Die Ansammlung des Bösen im Menschen
Nicht wirklich
Es macht keinen Sinn, mich zu töten
Wir wollen beide ein besseres Universum

Wie wär's, wenn wir erst zusammen zu Abend essen und uns dann duellieren?
Sollte einer von uns getötet werden, wäre er zumindest kein Hungergeist

Es wird köstlich, versprochen
Und keine Sorge, ich zahle.

Die Ansammlung gequälter Seelen
Ich könnte mich nicht entspannen

Die Ansammlung des Bösen im Menschen
Warum beharrst du so darauf /

Die Ansammlung gequälter Seelen
Unsere Feindschaft besteht seit Anbeginn aller Zivilisation
Ich denke, wir sollten sie beenden

Die Ansammlung des Bösen im Menschen
Damit wirst du keinen Erfolg haben
Du hast mich schon so viele Male getötet
Und ich bin genauso oft zurückgekommen

Habe dich genauso viele Male getötet wie du mich
Bis zum heutigen Tag, begreifst du nicht?
Da ist etwas, das sich nicht töten lässt
Es ist eingeschrieben in die menschliche Natur
Ich bin daraus hervorgegangen

Die Ansammlung gequälter Seelen
Zumindest kann ich deinen Plan aufhalten

Die Ansammlung des Bösen im Menschen
Meinen Plan aufhalten?
Planet OO wurde vor vierzig Jahren zerstört
Dreißig andere Planeten werden in das Schwarze Loch
oder die Sonne gezogen oder sind implodiert
Dunkle Materie wird komprimiert und ausgelöscht
Mein Plan ist immer noch im Gang
Ich sehe nicht, wie du mich aufhalten willst

Die Ansammlung gequälter Seelen
Dann ist es umso wichtiger, dass es mich gibt
Es ist die letzte Hoffnung

***Die Ansammlung gequälter Seelen** fröstelt.*

Die Ansammlung des Bösen im Menschen
Hier ist es zu kalt
Ich komme mit diesem Klima klar
Aber du bist von einem wärmeren Planeten
Für dich ist es härter

Die Ansammlung gequälter Seelen
/

Die Ansammlung des Bösen im Menschen
Du weißt
Dass du Millionen Seelen in dir versammelst
Die gefangen sind
Gefoltert wurden
Genau wie du selbst vor ihnen
Denkst du auch ein klein wenig an sie?

Die Ansammlung gequälter Seelen *weint. Zum ersten Mal hat sie sich nicht mehr unter Kontrolle.* ***Die Ansammlung des Bösen im Menschen*** *eröffnet.*
Black.

4. Eine Symphonie des Körpers

Im Space Train.
T *und* ***Scorpio*** *spielen ein Spiel. Wahrscheinlich ein Brett- oder Kartenspiel, jedenfalls nichts Elektronisches.*
T *und* ***Scorpio*** *wirken etwas älter als in der Szene davor.*

Scorpio
Verloren!

T
Bewundernswert, dass du immer noch gewinnen willst

Scorpio
Wenn man nicht gewinnen will
Macht das Spiel keinen Spaß

T
Wir haben es schon so oft gespielt

Scorpio
Das Leben
Besteht aus Wiederholungen

T
Ich beschwere mich nicht
Ich will ja hier sein

Scorpio
Aber du verlierst das Interesse an allem
Sogar an Sex

T
Klingt, als wäre ich in die Katze mit einem Loch verwandelt worden

Scorpio
Ich denke, bei dir liegt der Fall anders
Du erlaubst dir einfach keine Freuden im Leben

/

T
Ich muss ständig an die Menschen auf Planet OO denken, die für mich gestorben sind
Sie sind gestorben, also lebe ich
Ich sollte dort sein
Nicht sie

Scorpio
Wenn du nicht hier wärst
Würde wohl niemand versuchen herauszufinden, was mit

Planet OO passiert
Eine zweihundert Jahre lange Reise ist nicht leicht

T
Nach all der Zeit
Dreht sich bei uns Menschen immer noch alles um die Frage nach dem »Wenn«

Scorpio
So solltest du nicht denken

***Scorpio** hebt etwas Feuer auf und tanzt.*
Man hört ein Lied, in dem es um Leidenschaft geht.

Scorpio
Dein Körper ist zu kalt
Was du brauchst, ist Feuer
In der Medizin der alten Erde hat man den Zustand des menschlichen Körpers in kalt, heiß, nass, trocken usw. eingeteilt
Zu kalt oder zu heiß darf der Körper nicht sein
Beide Extreme sind ungesund
Es geht um das Gleichgewicht

***T** tanzt mit **Scorpio**.*

T
Vielleicht bin ich zu lange im Winterschlaf gewesen
Und dadurch noch kälter geworden

Scorpio
Schlaf hilft bei der Bewältigung eines Traumas nur wenig
Bewegung ist hilfreicher

T
Du scheinst des Lebens nie müde zu werden

Scorpio
Die vier- bis zehndimensionalen Welten sind ganz nah, weißt du
Ich kann sie sehen
Ein Staubkorn kann eine andere Dimension enthalten
Eine andere Welt
Mit ihrer eigenen Geschichte und Kultur
Es ist unglaublich
Das Universum ist so groß
Ein Leben reicht nicht aus, um alle Welten zu erforschen

T
Und ich konzentriere mich nur auf diese Welt

Sie tanzen weiter.
Ein Signalton.

T
Auch wenn du dich nicht ausruhen willst
Es ist Zeit für deinen Winterschlaf
Ansonsten wirst du in normaler Geschwindigkeit altern
Dann kannst du eine so lange Reise nicht durchhalten

Scorpio
Okay
Vergiss nicht, dass du aus einer anderen Dimension beobachtet wirst

***Scorpio** geht in Winterschlaf.*
***T** starrt in das Nichts des Universums.*

T
Manchmal, wenn ich lange so ins Universum starre
Kann ich all den Klang hören, den mein Körper erzeugt
Zuerst den Herzschlag
Mein Herz hüpft wie jemand auf einem Rockkonzert
Dann die Bewegungen meines Darmes
Ein langsames Fließen von meiner rechten Seite auf die linke
Wie ein Strom in meinem Innern
Voller Mineralien und Steine
Substanzen erzeugen Klang
Genau wie der Blutstrom
Die Gelenke knacken
Ein »Bumm« in meinem Gehirn
Hirnzellen sind manchmal wahnsinnig aktiv
Ich stelle mir vor, wie sie in meinem Gehirn ein Feuerwerk entzünden
Tschack
Tschack
Haare fallen leise auf den Boden
Hautschuppen fallen lauter
Mein Körper erzeugt eine Symphonie
Sie durchbricht die lange Stille des Universums
Das stille Universum ist der beste Bewahrer von Geheimnissen
Egal, was es sieht, es sagt nichts
Es versteht meinen Schmerz

Die Symphonie meines Körpers ist lauter als das Universum
Das ist es, was ich auf dieser Reise am meisten schätze
Manchmal, wenn ich dieser Symphonie lausche
Kann ich sehen, wie Aries durch das Universum treibt

5. Schuld ist Macht

Auf einem Eisplaneten, der Hauptstadt der Galaxie C.
Vor einer gigantischen Maschine.
Nur ein Moment nach Szene 3.
***Die Ansammlung gequälter Seelen** bereitet sich zur Attacke vor.*
***Die Ansammlung des Bösen im Menschen** befindet sich im Freeze, mit ausgestrecktem Schwert, bereit, sich auf **Die Ansammlung gequälter Seelen** zu stürzen.*

Die Katze mit einem Loch
Das ist ein entscheidender Moment für dich

Die Ansammlung gequälter Seelen
Sieht aus, als würde auch dir bald ein entscheidender Moment bevorstehen

Die Katze mit einem Loch
Ich bin gekommen, um mich von dir zu verabschieden

Die Ansammlung gequälter Seelen
Danke, dass du an mich gedacht hast

Die Katze mit einem Loch
Ich glaube, du wirst mir noch dafür danken, dass ich die Zeit eingefroren habe

Die Ansammlung gequälter Seelen
Nicht wirklich
Komm schon
Glaubst du, ich werde diesen Kampf nicht gewinnen?

Die Katze mit einem Loch
Ich unterschätze dich nie
Du bist aus großem Leid wiedergeboren
Hast unendlich viel Schmerz durchlebt

Die Ansammlung gequälter Seelen
Und das geht auf dein Konto, denkst du?

Die Katze mit einem Loch
Das würde ich nicht zu denken wagen
Mich haben die ganzen Jahre Schuldgefühle geplagt

Die Ansammlung gequälter Seelen
Das wäre nicht nötig gewesen

Die Katze mit einem Loch
Mir erscheint es ganz natürlich
Ich muss ständig daran denken, wie du von diesen
Soldaten vergewaltigt wurdest
Vor tausend Jahren
Damals warst du noch du
Hattest noch nicht alle gequälten Seelen im Universum
in dir vereinigt
Und ich war eine gewöhnliche Katze
Die zusah, wie ihre Besitzerin leiden musste
Konnte mich nicht bewegen
Konnte überhaupt nichts tun
Mich bloß unterm Bett verkriechen
Ich sah zu und hatte Angst
Es schien ewig zu dauern
Lange genug, dass ein Loch in meinem Körper entstand

Die Ansammlung gequälter Seelen
Schuld ist Macht

Die Katze mit einem Loch
/

Die Ansammlung gequälter Seelen
Wir haben beide eine schmerzvolle Reise hinter uns

Die Katze mit einem Loch
Und für mich neigt sie sich dem Ende zu

Die Ansammlung gequälter Seelen
Ich habe dir schon vor langer Zeit vergeben

Die Katze mit einem Loch
Das spüre ich

Die Ansammlung gequälter Seelen
Glaubst du, wir haben wirklich etwas Gutes in der Welt bewirkt?

Die Katze mit einem Loch
Schwer zu sagen
Zumindest haben wir es versucht

Die Ansammlung gequälter Seelen
Ich schätze, du kannst dein Wissen nicht mit mir teilen

Die Katze mit einem Loch pflückt eine Blume und lächelt.

Die Katze mit einem Loch
Nachdem ich versucht hatte, allen Glauben in mir zu zerstören
Begriff ich Jahre später, dass ich besser mein Verlangen nach Liebe hätte zerstören sollen
Hier
Bedeutet Verlangen nach Liebe Verlangen nach allem
Geld, Gewissheit, Gerechtigkeit, eine bessere Welt, bla bla bla
Das Einzige, was man nicht zerstören sollte, ist das eigene Herz
Sonst könnte man nur noch gleichgültig sein
Eine Welt der Leere
Aber nicht an den Ort gehen, an den ich jetzt gehe

Die Ansammlung gequälter Seelen
/

Die Katze mit einem Loch
Es ist Zeit

Die Ansammlung gequälter Seelen
Du wirst mir fehlen
Ich hoffe, ich werde eines Tages über dasselbe Wissen verfügen wie du

Sie umarmen sich.

Die Ansammlung gequälter Seelen
Wirst du T und Scorpio noch sehen, bevor du gehst?

***Die Katze mit einem Loch** lächelt und antwortet nicht.*

6. Wir haben fast hundertfünfzig Jahre des Nichts durchlebt

*T und **Scorpio** essen im Restaurant des Space Trains. Sie wirken deutlich jünger als in der Szene davor.*

T
Drei Viertel der Reise liegen bereits hinter uns

Scorpio
Und achtundvierzig Jahre, sieben Monate und fünf Tage vor uns

T
Wir haben fast hundertfünfzig Jahre des Nichts durchlebt

Scorpio
Sei nicht so pathetisch
Ich genieße es immer noch
Ich habe das Geheimnis des Universums noch nicht entschlüsselt

T
Du bist auch einige Zeit in Winterschlaf gewesen, um der Langeweile zu entgehen

Scorpio
Aber sehr viel weniger als du

T
Ich weiß noch, dass du Koriander immer gehasst hast
Aber jetzt ist es dein Lieblingsgewürz
Du isst alles mit Koriander

Scorpio
Ja
Und ich weiß auch, was ich heute Abend esse:
Hot Pot mit Koriander!

T
Du riechst auch anders
Früher hast du nach Feuer gerochen
Heute riechst du nach Schnee

Scorpio
Ich nehme diese Veränderungen nicht wahr

T
Das muss mit dem Klonen zusammenhängen

Scorpio
Klonen bedeutet qua Definition, ein identisches Ich zu schaffen
Vielleicht hängen die Geschmacks- und Geruchsveränderungen mit der Veränderung der DNA zusammen

T
Keine Ahnung
Du bist die Wissenschaftlerin
Nicht ich
Noch nicht mal, nachdem ich geklont wurde

Scorpio
Denkst du, ich bin immer noch dieselbe Scorpio, die du mal kanntest?

T
Die Frage müsste lauten:
Denkst du, ich bin immer noch derselbe T, den du mal getroffen hast?

Scorpio
Es kommt mir vor, als wären alle meine Lebenserinnerungen noch da

T
Aus dem früheren und dem jetzigen Leben

Scorpio
Vor dreißig Jahren
Haben wir uns geklont
Weil wir unser Sterbealter erreicht hatten
Damals
Wollten wir diese Reise unbedingt zu Ende bringen
Sei ehrlich
Willst du immer noch so unbedingt wissen, was mit Planet OO passiert ist?

T
Ich habe mich nicht verändert

Scorpio
Da bin ich mir nicht so sicher

T
Willst du jetzt aufgeben?

Scorpio
Nein

Ich genieße diese Reise
Ich mache es nur nicht mehr für Planet OO?

T
Interessant
Du scheinst dich sehr viel mehr verändert zu haben als ich

Scorpio
Du selbst veränderst dich vielleicht nicht sehr
Aber eine große Veränderung gibt es da schon

T
Nämlich?

Scorpio
In deinem früheren Leben war ich dir ziemlich gleichgültig
Jetzt empfindest du was für mich

T
Ich kann mich gar nicht erinnern, dass ich kein Interesse an dir hatte

Scorpio
Oh doch
Ich weiß das noch

T
Das habe ich wirklich vergessen

Scorpio
Nicht so wichtig
Das Leben ist immer im Hier und Jetzt
Genau wie die Politik

T
Ich denke trotzdem, dass ich immer noch T bin
Der Keim des Bewusstseins ist erhalten geblieben, auch wenn ich geklont wurde

Scorpio
Ich glaube, dass ich mich kontinuierlich verändere
Für mich bedeutet Leben Veränderung
Dass ich Veränderungen beobachten kann
Für mich ist es am wichtigsten, dass alles in Bewegung bleibt

/

T
Heute ist der Gedenktag für die Seligen Verstorbenen
Lass uns das Ritual vollziehen

T *und* ***Scorpio*** *öffnen eine Box. Darin liegen die Körper ihrer früheren Leben.*
T *und* ***Scorpio*** *gedenken ihrer früheren Körper.*

7. Lass dir Zeit

Auf einem Eisplaneten, der Hauptstadt der Galaxie C.
Vor einer gigantischen Maschine.
Nur ein Moment nach Szene 5.
Die Ansammlung gequälter Seelen *bereitet sich auf die Attacke vor.*
Die Ansammlung des Bösen im Menschen *befindet sich im Freeze, mit ausgestrecktem Schwert, bereit, sich auf* ***Die Ansammlung gequälter Seelen*** *zu stürzen.*

***Die Ansammlung gequälter Seelen** raucht und denkt nach.*
Sie lässt die Zigarette fallen.
***Die Ansammlung des Bösen im Menschen** bewegt sich wieder.*
***Die Ansammlung gequälter Seelen** entgeht der Attacke und verletzt ihren Gegner mit dem Schwert schwer.*
Blut spritzt.
***Die Ansammlung des Bösen im Menschen** stürzt zu Boden.*

Die Ansammlung gequälter Seelen
Du bist zu langsam

Die Ansammlung des Bösen im Menschen
Du auch

Die Ansammlung gequälter Seelen
Ich weiß

Die Ansammlung des Bösen im Menschen
Deine Finten sind gut

Die Ansammlung gequälter Seelen
Ich habe von dir gelernt
Ich weiß, du glaubst, ich sei unaufmerksam, wenn ich an meine Familie und Freunde denke, an die Millionen Seelen
Sonst konnte ich keine Schwäche bei dir entdecken

Die Ansammlung des Bösen im Menschen
Ich komme zurück

Die Ansammlung gequälter Seelen
Lass dir Zeit
Wir sehen uns in einem anderen Universum

Die Ansammlung des Bösen im Menschen *ringt um Atem.* ***Die Ansammlung gequälter Seelen*** *seufzt. In ihrem Gesicht ist keine Freude zu erkennen.*

8. In einer Ecke des Keims meines Bewusstseins werde ich dich vermissen

T *und* ***Scorpio*** *im Space Train.*
Der Space Train hält an.

T
Wir sind nicht am falschen Ort gelandet, oder?

Scorpio
Ich vertraue auf das, was die Katze mit einem Loch gesagt hat
Nur sie ist je am Ausgang des Schwarzen Lochs gewesen

T
Es ist nichts passiert

Scorpio
Wir sind erst anderthalb Jahre hier

T
Woher wollen wir wissen, dass Planet OO nicht bereits vor hundert Jahren herausgekommen ist

Oder noch weitere tausend Jahre im Schwarzen Loch feststeckt?

Scorpio
Wenn es so wäre, würdest du warten?

T
Was ist mit dir?

Scorpio
Du antwortest immer mit Gegenfragen

T
Wenn unsere Klon-Technik es erlaubt
Warte ich

Scorpio
Ich will immer noch das Geheimnis des Universums entschlüsseln
Ich will immer noch eine Antwort

T
Aber selbst wenn ich bereit bin zu warten
Kann ich nicht wissen, ob ich Planet OO je wiedersehen werde

Scorpio
Und auch nicht, ob du deine Frau wiedertreffen wirst, richtig?
/
Die Katze mit einem Loch hat Recht
Du brauchst einen guten Wahrsager

T
Als ich klein war

***Scorpio** sieht **T** an, sagt aber nichts.*

T
Hatte ich einen Albtraum
Da sind ein paar Leute, die mich verfolgen
Sie wollen mich umbringen
Wenn sie mich kriegen, werden sie mich schrecklich foltern
Vor mir liegt ein Tunnel
Ein dunkler, dunkler Tunnel
Ich weiß, wenn ich hineinkrieche
Können sie mich nicht finden
Also tue ich es
Schiebe mich vorwärts
Aber dann weiß ich plötzlich nicht mehr, ob ich weiter vorwärts kriechen soll
Oder besser rückwärts
Ich kann nicht sagen, ob ich mich gerade vorwärts oder rückwärts bewege
Nicht mal, ob da bald ein Ausgang kommt am Ende des Tunnels
Vielleicht werde ich in diesem dunklen, dunklen Tunnel ersticken
Ich kann das nicht einschätzen
Immer wenn ich an diese Notlage denken muss
Bekomme ich unfassbare Angst
Ich hoffe, ich werde nie in so eine Situation kommen

Scorpio
Man weiß nie, wie man sterben wird

Auch wenn man ein gesundes, wohlhabendes Leben hatte
Kann man am Ende einen schmerzvollen Tod erleiden

T
Das Leben ist schrecklich

Scorpio
Das stimmt
Ich denke langsam
Wenn nie ein Mensch im Universum existiert hätte
Und niemand die Schönheit des Universum gekannt hätte
Wäre das auch in Ordnung
Wir wären zumindest nicht mit all diesem Leid konfrontiert

T
Das Klonen verändert einen

Scorpio
Vielleicht
Oder es liegt daran, dass ich älter werde

***T** und **Scorpio** warten einen Augenblick schweigend.*
Ein lautes Geräusch nähert sich.
Kurz darauf sieht man den verwandelten Planeten OO
über den Space Train fliegen.

T
Na, also
Zweihundert Jahre später

Scorpio
Wie kannst du sicher sein, dass das der frühere Planet OO
ist?

T
Ich habe Aries gerade mit dem Teleskop auf diesem Planeten entdeckt

/

Scorpio
Unsere Reise neigt sich dem Ende zu
Ich war wirklich froh, dich all die Jahre bei mir gehabt zu haben

T
Du willst nicht deinen Bruder treffen?

Scorpio
Ich will keinen verwandelten Bruder treffen
Und wenn er sich nicht verändert hat
Wird mir das wohl auch merkwürdig vorkommen
Ich verzichte lieber auf eine endgültige Antwort

Unsere Beziehung ist vor zweihundert Jahren zu Ende gegangen

T
Ich werde dich vermissen

Scorpio
Ja, vielleicht
In einer Ecke des Keims deines Bewusstseins

Ich muss gehen

T
Was hast du vor?

Scorpio
Ich hoffe, ich kann in andere Dimensionen gelangen
Bis jetzt kann ich sie nur sehen
Aber mit meinem Körper kann ich dort nicht hin
Dieses Problem muss ich lösen
Wie ich meinen Körper behalten kann, indem ich ihn verändere

Eines solltest du wissen
Nach all den Jahren
Existiere ich noch, weil ich weiter das Universum erforsche
Ich kann für immer leben, solange es ein Universum gibt

***T** und **Scorpio** verabschieden sich voneinander.*
***Scorpio** verschwindet mithilfe einer Maschine.*
***T** fährt mit dem Space Train in Richtung Planet OO.*

AKT 3: Planet QQ

1. Steintee

Auf Planet QQ, dem verwandelten Planeten OO.
In einem Café.

Aries
Ich liege im Schlafzimmer
Auf dem Teppich
Ich scheine in eine andere Dimension gezogen zu werden
Noch bin ich in einem dreidimensionalen Raum
Aber ich werde gewaltsam in einen zweidimensionalen gezogen
Ich weiß, das bedeutet nichts Gutes
Es kann mich zerstören
In Stücke reißen
Ich nutze all meine Kraft, um mich dagegen zu wehren
Ich gebe alles, um zurück ins Bett zu kriechen
Aber das ist schwer
Ich schaffe nicht mal einen Meter
Ich habe Angst
Ein zweidimensionaler Raum bedeutet, ich werde flachgedrückt
Ich würde nicht sofort sterben
Aber müsste leben wie eine Ameise
Deshalb will ich unbedingt zurück ins Bett

T
Wie lange hast du diesen Traum schon?

Aries
Seit meiner Kindheit
Sobald ich anfange, ihn zu vergessen, kommt er zurück

T
Glaubst du, du hast so etwas schon mal erlebt?
In der Realität, meine ich

Aries
Nein, da nicht
Auch wenn der Traum noch so real erscheint
Kann ich immer noch unterscheiden, was real ist
und was Traum

T
Vielleicht ist es wie das, was mit Planet OO im Schwarzen Loch passiert ist?

Aries
Aber ich bin auf Planet QQ geboren
Hier, auf Planet QQ
Ich bin hier aufgewachsen
Habe nie eine interstellare Reise gemacht
Nie diesen Planeten verlassen
Planet QQ liegt in der Vega-Galaxie
Er umkreist die Sonne dieser Galaxie

T
Aber ich war Zeuge dieser Ereignisse
Ich habe das alles gefilmt
Vor zweihundert Jahren, als Planet OO in das Schwarze Loch gezogen wurde
Den Augenblick, als Planet QQ aus dem Schwarzen Loch

herauskam
Das sind alles Fakten!

Aries
Ehrlich gesagt
Als du die Aufnahmen das erste Mal mit der Öffentlichkeit geteilt hast
Habe ich mich wie alle gefragt
Ob sie echt sind
Oder ob da jemand einfach Fake News verbreitet

T
Warum hätte ich mir so etwas ausdenken sollen?

Aries
Dann haben die Experten sie jedenfalls alle als echt eingestuft
Und ich habe gehört, was du zu sagen hast
Jetzt glaube ich auch, dass sie echt sind

T
Gut
In dem Punkt zumindest sind wir uns einig

Aries
Erzähl mir was über deine Frau

T
Du bist meine Frau

Aries
Ich habe doch schon so oft gesagt

Ich bin nicht Aries
Mein Name ist Mesa[4]

T
Du siehst genauso aus wie meine Frau

Aries
Ich kenne die Videos
Ich gebe zu, dass wir uns ähnlich sehen
Ich hoffe, ich kann sie eines Tages mal treffen

***Aries** nippt an dem Steintee.*

T
Daran kann ich mich einfach nicht gewöhnen
Einen Stein in den Tee zu tun statt eines Teeblatts

Aries
Wir haben Teeblätter, aber damit erzeugen wir normalerweise Elektrizität
Bei uns kann man Teeblätter nicht trinken
Probier doch mal, wie gut der Steintee schmeckt

***T** nippt an dem Steintee.*

Aries
Ich möchte wirklich mehr über Aries, deine Frau, erfahren
Erzähl mir noch etwas von ihr

4 Mesa oder Mesha ist ein Monat im indischen Sonnenkalender, der mit dem astrologischen Zeichen Aries / Widder korrespondiert. https://en.wikipedia.org/wiki/Mesha_(month)

T
Das erste Mal habe ich sie im Traum getroffen

Aries
Eine schöne Form der Begegnung

T
Sie sagte, sie sei ein Schaf
Und hätte sich entschieden, in meinen Traum zu springen
Wir führten ein langes Gespräch
In dieser seltsamen Landschaft in meinem Traum
Ein bisschen wie eine Mondlandschaft
Es war ein sonniger Tag
Wir saßen am Strand
Wir hatten so viel gemeinsam
Literatur, herkömmliche Filme, immersive Filme, Politik
Im Traum hat sie mir ihre Adresse gegeben

Aries
Was war sie von Beruf?

T
Sie ist Schriftstellerin
Auch wenn wir von so viel Technologie umgeben sind
Kann Aries sich immer noch für die alte Lebensweise begeistern

Aries
Und du hast gesagt, du selbst warst Konsiliator. Wie ist es, Konsiliator zu sein?

T
Na ja, in unserer Galaxie

Gab es vier Reiche
Du kannst dir denken, dass es eine Menge Konflikte zu schlichten gab
Daher waren auch so viele Leute als Konsiliatoren tätig
Die Reiche, die Unternehmen, die Freiwilligenorganisationen
Sie alle hatten entweder eine eigene Konsiliatoren-Abteilung oder Verträge mit Konsiliator-Firmen
Um ohne allzu viele Konflikte ihren Gewinn maximieren zu können

Aries
Und das hat funktioniert?

T
Häufig schon
Bis Die Ansammlung des Bösen im Menschen in seinem Reich gekrönt wurde

Aries
Du hast gesagt, er hat diesen verrückten Plan

T
Er hat die Konsiliatoren ignoriert
Oder soll ich sagen, er verachtet Kommunikation einfach

Aries
Er hat noch einen anderen Namen, Mercy, richtig?
Welcher von beiden stimmt nun?

T
Niemand nennt ihn Mercy
Nur er selbst und seine Unterstützer

Aries
Dann stimmt also beides!

T
Falls wir mal mehr Zeit haben
Kann ich dir einiges über dieses dunkle Kapitel der Geschichte erzählen

Aries
Unsere Wissenschaftler haben jedenfalls eine große Veränderung in der Milchstraße beobachtet
Sein Plan zumindest ist real
Aber in der letzten Zeit haben uns keine neuen Informationen erreicht

*Der **Astronaut** tritt auf.*

Aries
Ich muss gehen.

T
Können wir uns wiedersehen?

Aries
Sicher.
Deine Geschichte interessiert mich sehr
Das ist mein Mann, der Astronaut.
Das ist T

Astronaut
Hallo, T!
Schön, dich zu treffen!
Du bist ganz schön berühmt auf diesem Planeten!

Deine Abenteuer klingen wirklich aufregend!
Ich würde gerne mehr darüber erfahren!

Aries
Ich überlege, ein Interview mit ihm zu machen

Astronaut
Das wäre bestimmt interessant!
Den Menschen auf Planet QQ würde das sicher gefallen

Aries
Wir sehen uns auf jeden Fall wieder

T
Okay

Astronaut
Vielleicht laden wir dich das nächste Mal zu uns zum Abendessen ein
Mesa macht ein sehr gutes Beef Steak

Aries
Solange das Beef Steak frisch genug ist

T
Okay

Aries
Bis bald also

***T** sieht zu, wie **Aries** und der **Astronaut** abgehen.*

2. Umsiedlung auf den Mond

In der größten Bibliothek auf Planet QQ.

Präsident
Die Oberfläche von Mond A ist flacher
Weniger Berge und Mondkrater
Mehr kultivierbares Land
Aber es ist auch der kleinste Mond
Wir schätzen, wir können nur eine halbe Milliarde Menschen dorthin umsiedeln
Auf unserem Planeten leben heute aber insgesamt zehn Milliarden
Mond A bringt uns dem Ziel, die Hälfte der Bevölkerung umzusiedeln, also nicht sehr viel näher
Mond B ist der größte
Er hat die höchsten Berge von unseren drei Monden
Sogar noch 2.000 Meter höher als der höchste Berg auf unserem Planeten
Außerdem hat er einen großen Ozean, der die Hälfte seiner Fläche bedeckt
Mond C ist, was das Gelände und die potentielle Landnutzung anbelangt, recht ausgewogen
Wird aber regelmäßig von Erdbeben und Überflutungen heimgesucht
Und im Sommer gibt es starke Taifune
Was meinen Sie?

T
Tja, ich bin neu auf diesem Planeten
Ich glaube nicht, dass meine Einschätzung Ihrem Planeten weiterhilft

Präsident
Sie sind der erfahrenste Weltraumreisende auf diesem Planeten
Ihre Meinung ist von nicht zu unterschätzender Bedeutung
Bitte lassen Sie mich an Ihren Überlegungen teilhaben
Alles hilft
Da bin ich mir sicher

T
Tja, ich denke, eine Umsiedlung auf den Mond ist nur eine temporäre Lösung
Planet QQ ist schon zu klein für sieben Milliarden Menschen
Betrachten Sie den Plan mit dem Mond vielleicht als Zwischenlösung
Denken Sie langfristig
Sondieren Sie die Möglichkeiten auf anderen Planeten in dieser Galaxie
Vor allem, da Sie einundzwanzig Planeten haben

Präsident
Ganz genau!
Unsere Bevölkerung wächst schnell
In den letzten fünfzig Jahren gab es zwei Baby-Boom-Wellen
Wir sollten mehr unserer Ressourcen für Langzeitpläne aufsparen
Diesen Plan haben wir sogar in Betracht gezogen
Aber ich bin nicht sicher, ob das auch weitergeführt werden wird

T
Warum? Ich kenne mich mit dem politischen System hier nicht aus

Präsident
Ich bin bereits seit elf Jahren Präsident
Nächstes Jahr muss ich zurücktreten
Es wird Wahlen geben

T
Wenn die Strategie gut ist
Wird man sie vielleicht fortführen

Präsident
Wohl kaum
Alle Parteien sind sich einig, was den Plan mit dem Mond anbelangt
Aber ein paar sind dagegen, auf einen anderen Planeten umzusiedeln
Sie wollen sich mehr auf aktuelle Probleme konzentrieren, wie die Wohnungslage
Ein paar befürchten, der Plan könnte sich als Katastrophe für die Galaxie entpuppen
Sie führen die alte Erde als Beispiel an

T
Das stimmt
Menschen verursachen immer Katastrophen

Präsident
Wie gefällt Ihnen eigentlich unser Planet?
Haben Sie vor, länger zu bleiben?

T
Ich weiß nicht
Ich meine, mir gefällt Ihr Planet
Ich bin etwas bestürzt, dass er fast genauso aussieht wie mein eigener
So viele Metropolen mit hochentwickelter Technologie, überall Wolkenkratzer, beeindruckende Naturlandschaften
Es kommt mir fast vor, als würde ich wieder auf Planet OO leben
Aber
Ich habe mich noch nicht entschieden
Ich brauche mehr Zeit, mich umzusehen

Präsident
Ich hoffe wirklich, Sie bleiben
Ich will, dass Sie uns helfen
Diesem Planeten helfen
Ich möchte Sie einladen, für unser Raumentwicklungsamt zu arbeiten
Ich bin sicher, Sie können dort einen großen Beitrag leisten

T
Das klingt verlockend
Danke
Ich werde darüber nachdenken

Präsident
Natürlich. Ich werde Ihre Entscheidung respektieren
Sagen Sie Bescheid, wenn Sie etwas brauchen
Gefällt Ihnen unsere Bibliothek?
Wir denken, dass jeder große Planet eine große Bibliothek braucht
Obwohl wir ja schon recht lange immersive Bücher haben

T
Sie gefällt mir sehr!
Ich bevorzuge auch die Papierform
Wahrscheinlich habe ich das von meinen Vorfahren geerbt

Präsident
Fantastisch!
Haben Sie das hier gelesen?
Einer der Klassiker unseres Planeten
Die Leser lieben es

*Der **Präsident** nimmt ein Buch mit dem Titel ›Die Schriften von Planet OO‹ in die Hand und reicht es **T.***
***T** klappt das Buch auf und liest.*

T
Es geht um die letzten sieben Tage von Planet OO!

Präsident
Bevor Sie kamen
Dachten wir, das sei nur Science-Fiction
Aber Ihre beeindruckende Dokumentation verifiziert fast alles darin

T
Woher stammt es?

Präsident
Aus einer archäologischen Ausgrabung. Es wurde vor hundert Jahren entdeckt.
Für uns ist es eine Bibel!
Nehmen Sie es ruhig!

*Der **Präsident** geht ab. **T** liest weiter.*

3. Das Tagebuch von Aries 1

Aries
(T liest im Buch) »Ein neuer Tag. Ein ganz normaler Tag. Als ich morgens aufwache, scheint die Sonne. Ich fühle mich beinahe glücklich. Für einen kurzen Moment. Aber dann wird mir bewusst, dass T nicht an meiner Seite ist. Und ich erinnere mich, in was für einer Situation ich mich befinde. Mein Leben neigt sich dem Ende zu. Vier Tage noch. Das entspringt nicht meiner Angst, meinem Wahn, es ist real. Unsere Version der Realität. Und ich warte nicht auf ein Wunder. Niemand kann uns retten. Ich kann nur in meinem Schreiben weiterleben. In meinen Worten.

Wenn T gestern Abend hier gewesen wäre, hätten wir wohl zusammen gekocht. Wahrscheinlich Ramen oder einen scharfen Hot Pot. T kocht keinen Reis, wenn ich da bin. Er weiß, ich mag keinen Reis. Der scharfe Hot Pot hätte uns bestimmt ein, zwei Mal den Atem geraubt. Aber wir hätten ihn trotzdem essen wollen. Wir hätten zusammen immersive Filme geschaut. ›Das Ende eines Universums‹ oder ›Mates‹, diese Soap Opera, um uns nach einem Tag harter Arbeit zu entspannen. Nach dem Essen hätten wir uns geliebt, oder vielleicht auch nicht, abhängig davon, wie viel Arbeit wir am nächsten Tag vor uns hätten.

Ich liege auf dem Bett und erinnere mich an all das. Ich muss leise seufzen. Am Ende werden wir nun doch nicht zusammen alt werden.«

4. Drei Monde am Himmel

*Im Garten von **Aries'/Mesas** Haus.*
Drei Monde am Himmel.

Aries
Alles okay mit dir? Du hast nicht viel gegessen.

T
Ja, alles okay. Keine Sorge.

Aries
Tut mir leid, ich hätte vorher nach deinen Essgewohnheiten fragen sollen
An die kulturellen Unterschiede zwischen uns denken müssen

T
Manche Leute essen ihr Beef Steak lieber so
Ich meine, auch auf Planet OO
Es überrascht mich also nicht besonders

Aries
Hier würde es niemand braten
Wir essen es alle …

T
Roh

Aries
Roh. Genau
Es gibt Restaurants, die servieren ganze Kühe
Die Leute essen sie, während sie noch leben

T
Autsch

Aries
Das ist auch für mich zu viel des Guten

T
Vielleicht besser so

Aries
Wie war dein Treffen mit dem Präsidenten?

T
Es war ganz gut
Ich habe dem Astronauten zu danken, dass er uns vorgestellt hat

Aries
Aber gerne doch
Mein Mann hat ihm bei der letzten Wahl sehr geholfen

T
Der Plan für die Umsiedlung auf den Mond ist beeindruckend
Ich habe aber gesagt, dass sie einen anderen Planeten in Betracht ziehen sollen

Aries
Das denke ich auch

/

T
Es gibt da ein unbestätigtes Gerücht
Warum ist Planet OO das erste Opfer gewesen?
Weil wir als Erste gegen den Plan des Reichs aufgestanden sind
Ich hoffe, es passiert uns hier nicht wieder

Aries
Hier ist die Situation eine andere
Planet QQ ist nicht der gleiche Planet
Das Gerücht kursiert bereits seit zweihundert Jahren

/

T
Hast du ein Buch namens »Die Schriften von Planet OO« gelesen?

Aries
Ja. Als ich jung war. Es ist ein Klassiker
Ist es am Ende vielleicht sogar wahr?

T
Ich hoffe nicht
Aber ich denke schon

Aries
Ich habe keinerlei Erinnerung daran
Es ist die Geschichte von jemand anderem
Tut mir leid.

T
Mach dir keine Gedanken

Ich glaube wirklich nicht, dass du sie bist
Du bist nicht Aries, die Schriftstellerin

Sie betrachten die drei Monde.

T
Auf der alten Erde
Gab es nur einen Mond
Der Mond hat große Bedeutung für die Menschen

Aries
Erzähl mir mehr darüber
Wir haben keine vollständigen Aufzeichnungen der
Geschichte der alten Erde
Wir wissen nur, dass die Menschen von dort stammen

T
Der Mond kann bei Menschen Leidenschaft hervorrufen
Oder auch Grausamkeit
Der Mond kann einen Menschen in ein anderes
Lebewesen verwandeln
Einen Wolf zum Beispiel
Wenn man den Mond betrachtet
Denkt man an seine Freunde, seine Familie in der Ferne
In manchen Kulturen
Gibt es ein Mondfest
Das für Wiedervereinigung steht

Aries
Zum Glück haben wir hier drei Monde
Mit drei Monden ist die Wahrscheinlichkeit geringer, von
Meteoriten oder anderen Objekten aus dem Weltraum
getroffen zu werden

T
Das ist praktisch

Aries
Vergiss nicht das Interview nächste Woche

***Aries** geht ab.*

5. Das Tagebuch von Aries 2

Aries
*(**T** liest im Buch)* »Du hast mal gesagt, ich würde gerne mit Schatten tanzen. Ich kann nicht bestreiten, dass ich es liebe, mir etwas auszumalen. Ich liebe es, mir ein ›für immer‹ auszumalen. Für unsere Liebe, unsere Beziehung. Dass sie viele Jahre hält, bis wir sterben. Ich male mir unzählige Geschichten über uns aus: Wir trennen uns, weil du eine Affäre hattest, oder vielleicht war es auch ich. Nach zehn oder zwanzig Jahren wird uns klar, dass wir uns immer noch lieben, und wir kommen wieder zusammen. Solche kleinen Geschichten. Ich liebe es, mir so etwas auszumalen, und will eigentlich auch, dass es wahr wird.

Was bedeutet für immer? Du glaubst, jeder trägt einen Keim des Bewusstseins in sich; und nach dem Tod, im nächsten Leben ist dieser Keim immer noch da in unserem Bewusstsein. Aber wenn für immer bedeutet, dass es keine Veränderung gibt, dann glaube ich, kann es kein Für-immer geben. Das Leben ist kurz. Ich mache gerade diese Erfahrung. Es ist kaum auszuhalten.«

6. Ein Interview

***T** und **Aries** bei **Aries** im Verlag.*

Aries
Die Leute hier kennen deine Geschichten schon
Ich frage dich also etwas anderes
Über deine allgemeinen Gefühle in Bezug auf Planet QQ
usw.

T
Okay

Aries
Du bist jetzt schon ein paar Monate hier, auf Planet QQ.
Wie geht es dir damit?
Was ist der Unterschied zwischen Planet OO und QQ?

T
Mir geht es gut
Es ist großartig, eine Landschaft wie die von Planet OO wiederzusehen
Das hat mir zweihundert Jahre lang gefehlt

Aries
Soweit ich weiß, sind Planet QQ und Planet OO zwei verschiedene Planeten
Ich hoffe, du kannst dich hier zu Hause fühlen

Hast du von dem Plan mit der Umsiedlung auf den Mond gehört?

T
Ja, schon

Aries
Möchtest du deine Überlegungen mit uns teilen?

T
Ich denke, eine Umsiedlung ist für Planet QQ unvermeidbar
Ich bin nur nicht sicher, ob der Plan mit dem Mond ausreicht
Ihr habt das Glück, ein paar bewohnbare Planeten in eurer Nähe zu haben
Das kann man nicht oft behaupten im Universum

Aries
Aber die Leute scheinen mit ihrem Leben hier zufrieden

T
Das verstehe ich
Das Leben hier ist komfortabel
Den meisten scheint es gut zu gehen
Aber man sollte nie auf die Möglichkeit verzichten, in die Weiten des Universums zu blicken

Aries
Manche Bewohner von QQ sorgen sich, dass wir das Universum zerstören könnten
Wie das damals auf der alten Erde geschah
Was ist deine Meinung dazu?

T
Ich habe mal eine Rede von der alten Erde gelesen

Sie war von einem indigenen Stamm geschrieben, dem
eine Invasion durch Kolonisatoren drohte
Sie flehten die Menschen an, nur zu nehmen, was sie zum
Überleben brauchen
Aber nicht mehr als das

Aries
Ein anderes Problem ist
Dass wir kaum langfristige Pläne machen können

T
Davon habe ich gehört

Aries
Denkst du, wir können dafür eine Lösung finden?
Zum Beispiel, indem wir die Amtszeit des Präsidenten
verlängern?
Eine Umfrage zeigt, dass über sechzig Prozent für eine
solche Verlängerung sind

T
Möchtest du nur, dass ich deinen Standpunkt unterstütze?
Ist das der Grund für dieses Interview mit mir?

Aries
Du hast mehr Einfluss, als du denkst
Ich möchte deinen Rat wirklich hören

***Die Ansammlung des Bösen im Menschen** tritt auf.*

Die Ansammlung des Bösen im Menschen
Hallo, T, toll, dich endlich persönlich zu treffen!

T
Scheiße
Nicht der schon wieder

Die Ansammlung des Bösen im Menschen
Sind wir uns schon mal begegnet?

Aries
Darf ich euch einander vorstellen
Benevolent, der Chef unseres Verlages
T

T
Schon wieder ein neuer Name

Die Ansammlung des Bösen im Menschen
Ach ja?
Was war denn mein alter Name?

T
*(zu **Aries**)* Du weißt schon, dass er Die Ansammlung des Bösen im Menschen ist?

Aries
Was?
Ich kann da keinerlei Ähnlichkeit erkennen

T
Sie sehen absolut identisch aus

Aries
Sie sehen völlig verschieden aus

Die Ansammlung des Bösen im Menschen
Ich wurde hier geboren und bin hier aufgewachsen

T
Ich bin verwirrt

Aries
Benevolent brennt für alle sozialen Belange dieses Planeten
Finanzen, Medien, Politik, Kunst, Technik
Er trägt einiges zum Wohl dieses Planeten bei

Die Ansammlung des Bösen im Menschen
Unser neuester technologischer Durchbruch ist,
Geschichten zu schreiben
Mit Hilfe von K.I.
Wir haben bereits erfolgreich bestimmt, welche
Geschichten die Menschen lieben
Im nächsten Schritt werden wir dann Geschichten
produzieren, die unsere Bürger lieben

Aries
Einfach unglaublich
Ich will gar nicht wissen, wie viel Zeit und Geld du in
dieses Projekt gesteckt hast

Die Ansammlung des Bösen im Menschen
Es dient dem Wohle unserer Bevölkerung
Das ist es wert

T
(zu ***Aries)*** Moment
Diese Idee gefiel dir früher doch überhaupt nicht!

Aries
Was?

Die Ansammlung des Bösen im Menschen
Außerdem habe ich vor, ein Verteidigungssystem gegen potentielle Angriffe von Aliens zu entwickeln
Um unseren Planeten zu schützen

T
Angriffe von Aliens?
/
Entschuldigung, mir ist gerade gar nicht gut
Ich muss gehen.

***T** geht ab.*

7. Eine posthumane Reise

Direkt im Anschluss an die Szene davor.
***Scorpio** wartet auf **T**.*

T
Scorpio?

Scorpio
Interessant
Alle wissen, dass du hier bist, um nach deiner Frau zu suchen
Sie spannen dich für ihre Zwecke ein
Mesa ist ganz schön grausam

T
Warum bist du hier
Auch wenn ich mich natürlich freue, dich zu sehen

Scorpio
Ich war nie besonders weit weg
Ich kann endlich zwischen den verschiedenen
Dimensionen hin- und herreisen
Und Planet QQ von der anderen Dimension aus sehen

Übrigens
Ich bin gekommen, um dir eine Nachricht zu bringen
Die Katze mit einem Loch hat gesagt
Es gibt ein Musikinstrument, das einen Ton erzeugt, mit
dem wir Aries' oder Mesas frühere Erinnerungen
wachrufen können
Die Katze mit einem Loch hat es mir schon gegeben
Es ist jetzt im Space Train

T
Und wo ist sie jetzt?

Scorpio
Wahrscheinlich im Nirwana

/

T
Was fühlst du, nachdem du durch so viele Dimensionen
gereist bist?

/

Scorpio
Für mich
Sind sie alle Illusion
Nur unsere zweihundertjährige Reise war real

T
Ich habe gehört, dass die Milchstraßen-Galaxie fast vollständig kollabiert ist

Scorpio
Ich weiß
Paradoxerweise ist Planet QQ wohl der letzte Planet mit Überlebenden der menschlichen Spezies

T
Wollen wir gemeinsam das Ende und einen möglichen neuen Anfang ansehen?

Scorpio
Warum nicht?

***Scorpio** und **T** steigen in den Space Train.*

Scorpio
Weißt du, T
Du und ich, wir sind beide geklont
Wir sind nicht mehr wirklich wir selbst
Die Reise dauert also für immer
Gute Sache, was?

Der Space Train hebt ab.

Die letzte Seite im Tagebuch von Aries
»Das ist jetzt also das Ende unseres Planeten, unser Ende. Wir werden bald im Schwarzen Loch verschwinden. Ich kann nur meine Erinnerungen auf die Reise mitnehmen. Ich liebe dich für immer, T. Das werde ich in den Keim meines Bewusstseins einritzen. Bis zum nächsten Mal.«

Der Space Train fliegt weiter.
Er hält am Rande der Milchstraßen-Galaxie an.

Klang baut sich auf.
Auf einer sehr tiefen Frequenz.
Machtvoll und omnipräsent.
Eine Vielzahl von Klängen, Planetenkrusten, die sich bewegen, Objekte, die auf die Atmosphäre prallen und sich verformen, ganze Ozeane, die von Klang erfüllt sind.
Laute Geräusche.
Eine oder mehrere Flöten.
Vogelgesang.
Stille.

– ENDE –

* Begonnen am 17. September 2021, 12.30 Uhr, Collini Center, Wohnung 7/17, Mannheim, Deutschland
* 1. Fassung vollendet am 15. Oktober 2021, 19.54 Uhr, Charlie Café, Mannheim, Deutschland
* 2. Fassung vollendet am 4. Januar 2022, 3.38 Uhr, Flat 12 B, Hoi Sing Building, Second Street, Hong Kong
* 3. Fassung vollendet am 15. Januar 2022, 23.55 Uhr, Collini Center, Wohnung 7/17, Mannheim, Deutschland

ANIME ARCHITECTURE
Stefan Riekeles
TARKOVSKY
Films, Stills, Polaroids & Writings
千刃千眼
Minagawa Yukio
Declan Donnellan
The Actor and the Target
A DIRECTOR PREPARES
ANNE BOGART
未來簡史
Heimat
NORA KRUG
GRAEBER
WENGROW
CITY OF EXILES
CONVERSATIONS WITH FRIENDS

ABBILDUNGSNACHWEISE

Bilder Teil 1
Eine kurze Chronik des künftigen China

Berlin: Das Bild wurde 2017 in der Torstraße in Berlin aufgenommen. Hier beginnt meine erstaunliche Reise ins deutschsprachige Theater.

Kerzenmahnwache: Aufgenommen am 4. Juni 2018. Die Kerzenmahnwache im Victoria Park in Hongkong, zur Erinnerung an das Massaker vom 4. Juni 1989 auf dem Tiananmen-Platz in Peking. Es mag seltsam wirken, dass nur die Hochhäuser und der Hintergrund zu sehen sind – ich habe bewusst vermieden, dass man die Gesichter der Teilnehmenden erkennen kann, da sie das in Schwierigkeiten bringen könnte. Seit 2020 konnten wir die Kerzenmahnwache nicht mehr abhalten.

Charleston in England: *Eine kurze Chronik des künftigen China* habe ich 2015 in London geschrieben. Dieses Foto ist in Charleston aufgenommen, wo die Maler*innen Vanessa Ball (Schwester von Virginia Woolf) und Duncan Grant wohnten und ihr Atelier hatten. Ein Treffpunkt für die sogenannte Bloomsbury Group, der Autor*innen, Künstler*innen und Denker*innen angehörten. Vanessa Bell führte ein sehr bewegtes Leben.

Kurze Chronik 1: Ich habe *Eine kurze Chronik des künftigen China* für das New Vision Festival in Hongkong selbst inszeniert, im November 2016. Das Foto ist aus der ersten Szene, Leung, Ho Pong spielt den Außenstehenden. © Cheung Chi Wai.

Bilder Teil 2
Eine posthumane Geschichte

Das Geisterkind und noch jemand …: Dieses unheimliche Geisterkind wurde speziell für meine Inszenierung von *Eine posthumane Geschichte* entworfen. Das Stofftier auf dem Rücken des Geisterkindes ist ein Glücksbringer von Ceci Chan, der Schauspielerin, die Jane spielt. Auf diese Weise ist es beides, gruselig und niedlich.

Hongkong nach dem Taifun: Ich habe dieses Stück 2019 in Hongkong zu Ende geschrieben. Wenn ein stärkerer Taifun tobt, geht niemand in Hongkong vor die Tür. In den letzten Jahren gab es einige ungewöhnlich heftige Taifune. Einige führen das auf die Klimakrise zurück.

Das Gefängnis Lai Chi Kok: Lai Chi Kok ist ein Industrie- und Geschäftsviertel in Kowloon Peninsula in Hongkong. Die Fabriken schlossen in den 1990er Jahren, als chinesische Fabriken Arbeitskräfte für weitaus niedrigeren Lohn beschäftigten. Lai Chi Kok hat die alten Gebäude erhalten und sich mittlerweile in ein Geschäftsviertel verwandelt. Das Lai-Chi-Kok-Aufnahmelager ist ein Untersuchungsgefängnis, in dem Teilnehmer*innen an den sozialen Protesten von 2019 inhaftiert sind.

Das Museum für Menschenrechte in Taipeh: Aufgenommen im Jing-Mai White Terror Memorial Park, der vom Museum für Menschenrechte verwaltet wird. Hier waren auch bereits das Militärgericht und ein Untersuchungsgefängnis für politische Dissident*innen untergebracht.

Bilder Teil 3
Überall im Universum Klang

Bubble: Meine Katze Bubble, aufgenommen in meiner Berliner Wohnung. Sie hat einige außergewöhnliche Reisen in ihrem Leben gemacht. Geboren in China, zog sie für drei Jahre nach Hongkong, nahm dann den 17-Stunden-Flieger nach Frankfurt/Mannheim, jetzt kam sie nach Berlin. Im Zug. Sie liebt es, Thunfisch zu fressen, den Tag zu verschlafen und Philosophie zu lesen.

Mannheim: In Mannheim habe ich Mitte Oktober 2021 dieses Stück fertig geschrieben. Mit am schönsten war es, in dieser Stadt am Neckar entlang Joggen zu gehen.

Der Victoria-Hafen am letzten Tag …: Dieses Foto habe ich am 30. Juni 2020 von einer Fähre aus im Victoria-Hafen aufgenommen, einen Tag bevor das neue Nationale Sicherheitsgesetz in Hongkong in Kraft trat.

Klang-Foto: Für das Nationaltheater Mannheim habe ich *Überall im Universum Klang* im März 2022 inszeniert. Zu sehen ist die 6. Szene aus dem 3. Akt, Christoph Bornmüller spielt T., Jessica Higgins hat die Rolle von Aries. © Christian Kleiner

Aus dem Englischen übersetzt von Ruth Feindel

Pat To Yan, Jahrgang 1975, ist Theaterautor und Regisseur. Bis Herbst 21 lebte er in Hongkong, in der Spielzeit 21/22 war er Hausautor am Nationaltheater Mannheim. Seine Stücke waren vielfach in Hongkong sowie in Saarbrücken, Frankfurt a.M., München und Freiburg zu sehen. Die München Biennale 22 zeigte in Kooperation mit dem Nationaltheater und der Oper Mannheim sein Libretto *Die Verdammten und die Geretteten*. Das Stadttheater Gießen hat seine Spielzeit 22/23 mit der Uraufführung der Trilogie als Mehrspartenprojekt in der Regie von Thomas Krupa eröffnet.

John Birke, geboren 1981 in Toronto, schreibt Theaterstücke und Hörspiele, lehrt szenisches Schreiben und übersetzt u.a. Dennis Kelly, Mark Ravenhill, Patrick Marber, Jack Thorne, Caryl Churchill.

Ulrike Syha ist Theaterautorin und Übersetzerin. Sie hat u.a. Stücke von Martin Crimp, Caryl Churchill, Jeff Baron übersetzt. Als seine Übersetzerin wurde sie 2021 gemeinsam mit Martin Crimp mit dem Jürgen Bansemer & Ute Nyssen Dramatiker-Preis ausgezeichnet. Ihr Stück *Drift* gewann 2018 den Autor:innen-Preis des Heidelberger Stückemarkts.